帝运匠心

赵志明 著

西苑出版社

图书在版编目（CIP）数据

帝运匠心/赵志明著.-北京：西苑出版社，2018.8
ISBN 978-7-5151-0652-6

Ⅰ.①帝… Ⅱ.①赵… Ⅲ.①中篇小说－中国－当代
Ⅳ.① I247.5
中国版本图书馆 CIP 数据核字 (2018) 第 115598 号

帝运匠心
DIYUNJIANGXIN
赵志明 著

出 品 人：	赵　晖
责任编辑：	汪　莉
责任印制：	陈爱华
责任校对：	刘娟娟
书籍设计：	广　岛（@广岛 Alvin）
出版发行：	西苑出版社
通讯地址：	北京市朝阳区和平街 11 区 37 号楼　邮政编码：100013
电　　话：	010-88636419　传真：010-88636419
印　　刷：	北京文昌阁彩色印刷有限责任公司
经　　销：	全国新华书店
开　　本：	710*500 毫米 1/32
字　　数：	51 千字
印　　张：	4.5
版　　次：	2018 年 8 月第 1 版
印　　次：	2018 年 8 月第 1 次印刷
书　　号：	ISBN 978-7-5151-0652-6
定　　价：	29.00 元

（凡西苑版图书如有漏页、残破等质量问题，本社邮购部负责调换）
版权所有，侵权必究

本书以一种寓言的形式言说出一个极度隐喻的哲学故事。王爷儿子戴允常在七八岁时奉太后懿旨进宫学习、生活，之后被立为皇帝。他虽聪慧英明却无心朝政，专心于自己的木匠活。在叛臣谋反时，他带领臣民进入自己打造的空间。小说以虚幻写现实，小说中的"罔见""道听""途说"是对历史的高度隐喻，引发人对现实的思考。

一

有三个人,他们的身体被一根铁链子拴在一起,像一根人肉串。

前面的人又聋又哑,他能看到一切却无法说出,称之为"罔见";

中间的人又瞎又哑,但他的听觉非常灵敏,称之为"道听";

后面的人又瞎又聋,却能开口讲话,称之为"途说"。

"途说"所说的内容,俱是"罔见"所见,也是"道听"所听。遇到不辨真假的听众,自以为他们信口开河。只是"途说"所言,精彩纷呈,听众自然听得津津有味,哪里还管什么真假。

凭借着"途说"沿路说书赚取些许盘缠路费,

他们走遍天下,穷游四海。每经过一座城池,他们三个人奇怪的队列都会吸引无数人围观,他们每到一地的造访都会造成万人空巷的局面。

虽然都有残疾,三个残疾人拼凑成了一个整体,倒也不缺眼睛、嘴巴和耳朵,这不是很"怪哉"吗?

"罔见""道听"和"途说"似乎尝遍了世间炎凉百态,洞彻了世故两面三刀。上下五千年,帝王将相,是非成败,潮打空城寂寞回;纵横数万里,生老病死,七情六欲,人立枯骨如是观。于是乎,什么事到了他们的嘴里(其实三个人总共也就只有一张嘴),都变成了笑谈。

他们走南闯北,积累了无数谈资。有时候他们说的是古人,却像今人一般无二;有时候他们说的是今人,却像古人一样行事;这种混淆,就好像时空错乱的穿越一般。

甚至有传言说,他们拥有秘密通道,可以随心所欲地"到此一游"。也有人信誓旦旦地证明,这条"人体蜈蚣"每三百年就会出现一次,因为他的祖上曾经在"家训"中提到过他们,说他们出现的时候,世界必有异相出现。

每到一地,有人就会向着"道听"发问(因为只有他能听到):"先生们来到我们这里,沿途经过无数城镇。不知道那些城市里有些什么稀奇古怪的故事?"

好像有心灵感应,"途说"(只有他能开口讲话)就像被打开的收音机一样,开始播放一轮新闻:海边某座城市发生了海啸,十几米高的海啸就像海怪伸出来的长手,把树上快要成熟的椰子全都摘跑了;中部某座城市深夜发生了地震,很多人赤身裸体地跑到了街上,全然忘了羞耻感,就像梦中一样;有一个名门望族的公子哥患有龙阳之癖,结果遭人戏弄,冲撞了自己的父亲;有一个地方的母亲怀胎十月,生出了六胞胎猪孩,他们的耳朵就跟猪一样,屁股上还有一根打着卷儿的小尾巴。

围观的人不相信,开始嘘场:"咿——你这是信口开河,说书呢。"

"途说"打蛇随棍上,顺着话题铺陈开来:"天下之大,无奇不有。真假虚实,也就是傻子演给痴子看。就好像一首歌里唱的,'你是疯儿我是傻,繁荣富贵都是假'。可笑的是,繁荣富贵都是假,吃苦受罪难道就是真吗?"

人群中的一个人仗着有几分见识,插嘴道:"我们凤姐儿也说过,'你以为说书人嘴里说的都是假事,好像我们的生活就很真一样'。可见知识分子肚子里的肠肠就是不一样。"

说新闻不过是暖场,是人都爱听闻新鲜事,不过等新鲜劲儿过去了,大家还是要听"老九九"

的。有人要听许仙白娘子的"人兽畸恋千年修得共枕眠",或者是董永七仙女的"偷窥狂恋物癖窃衣弄奇缘";有人要听布宜诺斯艾利斯的建城史,或者是庞培古城的挖掘史;有人要听秦始皇扫六合的丰功伟绩,或者是特洛伊英雄的远征故事;有人要听国家领袖的杀伐决断,或者是豪门贵族的恩怨情仇。

正在众人七嘴八舌之际,突然有一个官员模样的人挤到人群中,挤了一头的汗,先是对拴在一起的三个人说:"劳驾,我们王爷想请三位到府上做客。"又对围观的老少爷们连连抱拳作揖,"实在是对不住大家了。今日就先请回,改日再来听吧。"

这也就是当地官府衙门用的是情治,不是法治,要不然只需一个"聚众闹事"的罪名,派军士衙卫上街一吆喝,人还不都一溜烟散去吗?

大家都是明白人,赶紧说:"官爷客套了,请自便。"又向三人说些奉承话:"这下你们好了,去王爷府上,还不是老鼠掉到米笼里。说不定你们以后就能留下来,这不强似你们风餐露宿四海为家吗?"

见三个人都面露迟疑之色,众人又都解释起来,"你们初来乍到怕是不晓得,我们这里的王爷可是如假包换正宗货,是龙脉嫡传呢"。三人这才释怀,仍然由那"途说"开口,"贵人府邸添贵气,我们也去沾沾喜气,顺便讨点封赏"。

于是围得水泄不通的人群让出一条路,官员在前引路,三人尾随其后,"罔见"走在前,"道听"走在后,把那能言会道的"途说"夹在中间。众人中间有那些好事者,万分不舍地尾随了一段路程,到底是王爷府邸,不比寻常人家和酒肆茶楼,断然是跟不到底的,也就逐渐散去,最后就只剩下了那领路官员和三人。

进入王爷府邸,一路亭台水榭、富丽堂皇,自不待言。

俗话说,一入侯门深似海,王爷的身份又岂是区区侯爷可比的。不过,外放的王爷虽然威风八面,可以尽享荣华富贵,超然凌驾于地方官吏衙门之上,但是,有一个雷区却绝对不能碰,那就是不能逾制。一切都得遵从朝廷的安排,稍微出格一点,就会被扣上"预谋不轨"的罪名。也确实,你都已经是王爷了,还想再前一步,那不就是顶破天了吗?

当然了,作为皇帝的子嗣,如果不能够继承大统,偶尔把自己关在黑屋子里想象一下假扮一下满足一下也是可以的。一旦暗室漏光,大逆不道的事情被传了出去,那可是很可能就要掉脑袋的。

王爷在前厅久候,穿着素衣,不让三人行大礼,简单寒暄过后,引入了正题,问道:"你们走南闯北，见多识广，一路走来，想必听说了我朝最近发生的动乱。因为动乱，朝廷与王府早就断了此前正常的通信渠道。我想问你们，第一，这乱是越来越大了呢，还是已经控制住了？第二，太后与诸位王兄可还都安好？"

三人不知道王爷端出来的盘子里放的是什么菜，一时都棍子一样戳在那里，有目者盯着有耳者，有耳者拉着能说者，能说者却张口结舌。

王爷自我解嘲道："你们不必惊慌。本王早就是一个废远放黜的人，偏安一隅。本王关心的与其说是国家大事，不如说是个人的家事私事，只是想知道家人的近况罢了。"

"途说"于是大着胆子说："不瞒王爷您，据我们一路上经年所见所闻，太后被几个奸臣所鼓动和胁迫，先帝的子嗣十之七八遭到了迫害，二十一个王子现在只剩下了四个。不过太后聪慧，到底也渐渐明白过来，手心手背都是肉，一方面是自己的娘家人，一方面是帝王夫家的千古基业，两方面都伤不起啊。"

王爷默然，他也有不得已的苦衷。说穿了，当今太后只是他的后妈而已，和自己的母妃有争宠的前嫌，她的儿子与她的娘家人和自己又潜在着夺权的后隙。女人争宠，男人夺权，都是一叶障目的事情，情急之下很容易会失去理智。

当初先帝并不待见这一对母子，他年纪轻轻就成了外放王爷，从此与京城的权力绝缘。先帝驾崩后，王爷甚至都没能够前往帝陵守灵送葬，被忽视——至于此。

等到太后专权，外戚把持朝政，皇族势力受到全面压制。太后家人野心越来越大，羽翼丰满，必然视皇族血脉为眼中钉肉中刺，斩草而后快，除根得安枕。幸亏王爷和王妃早就来到这座小城，京城余波至此已难掀大浪，才可以置身事外，远远躲过这场名利场上冰与火的权力游戏。所以说，塞翁失马焉知非福，确实如此。

开始的时候，王爷偏居一隅，免不了一阵泄气，后来听说了京城的连年动荡，又为自己感到庆幸，现在则是开始越发担心起兄弟手足的安危来。更何况，城门失火必然殃及池鱼，他的偏安一隅，已经是苟安一时，很快会变成悬卵、危卵，覆巢之下，安有完卵？

"途说"安慰王爷："纷乱既起，四海无宁。纷乱将息，仰赖一人。解铃还须系铃人，这场动乱可以说始于太后，也必将终于太后。

"我的同伴（指'罔见'）能见常人之所不能见，我的同伴（指'道听'）能闻常人之所不能闻。他们告诉我，钦差大臣已经在来此的路上了，随时都会抵达。王爷请做好准备。"

王爷听了忧心更甚，说道："你们既然有此异能，何不运用千里眼和顺风耳之术，告诉本王，钦差一行，于本王到底是吉是凶？"

"途说"向王爷密语了几句："钦差大臣此番前来，是要接世子去京城。至于凶吉，就不是我们所能妄断的了。"话已至此，三人就要行礼告辞。

有一个小男孩一直在内室偷看他们，不过七八岁光景，眼见怪人们要走了，才跑出来抱住王爷的腿："父王，我不要他们走，我要跟他们一起玩。"

随后，小男孩又对三个人说："我知道的，你们一个人能看到我，一个人能听到我说话，一个人能和我说话，你们三个人是'三位一体'。你们是不是做错了事，才被拴在一起合并成了一个人？还是你们本就是一个人，因为做错了事，才被分成了三个人，对不对？"

三人皆露出讶然表情，都把脸朝向了小男孩。

带三人进来的官员哑然失笑。王爷皱起眉头，将他抱起来，径直送去内室。

那个官员向三人小声介绍："这是世子殿下，生来早慧，平时就爱说些天真古怪之语，很多话我们成人都是听不大懂的。"

"途说"说道："非也非也。世子天资聪颖，原非常人可比。"

官员说道："可不是吗，世子出生之时可是有非常之吉兆的。"也许意识到说漏了嘴，官员立刻打住，岔开了话题，"不过我们王爷只希望世子能够平平安安地过一辈子。"

"途说"说道："王爷深谋远虑，自有道理。不过儿孙自有儿孙福，也就是了。"

他们见王爷迟迟没有出来，于是向那官员告辞，出了王府。

二

　　王爷抱着小男孩进入内室，看到小男孩眼中依然满是乞求的神色。自己的这个宝贝疙瘩，生来就喜欢怪人怪谈，闻怪则喜，志趣太过异于常人。即使放眼自古以来的帝王家，有这等癖好的也绝无仅有。

　　想到这里，王爷有点于心不忍，就哄他说："允儿，父王带你去看外公砌墙好不好？"

　　小男孩这才高兴起来，父子二人于是携手来到后花园的一处别院中。

　　一位布衣老者正在砌墙。那堵墙已经快有一人高了。小男孩努力踮起脚，伸长手臂，将将能够搭到墙沿。

　　"外公，你这堵墙什么时候推倒啊？"

"快了,再有两三天时间,外公就够不着啦。那时候就可以推倒了重建喽。"

"外公,为什么你会够不着啊?你可以先砌一堵墙,再站在这堵墙上砌一堵更高的墙。这样,不就可以一直不用把砌好的墙推倒了吗?"

"就你的脑袋瓜子聪明。外公年纪大啦,这么高的墙是砌不动啦。"

"外公,今天来了三个怪人。我觉得他们是仙人!"

"哦,为什么说他们是仙人?"

"因为他们和我们不一样。他们很奇怪,一个人没有眼睛,一个人没有嘴巴,一个人没有耳朵,真奇怪。"

祖孙俩亲密无间的谈话被王爷打断了。

"现在外面世道越来越乱了。先皇生了我们二十六个兄弟,除了早夭和病逝的,现在二十一人中只剩下了四个。京城里的三皇兄瘫痪在床，十四弟落发出家为僧，他们不争不抢，不问世事，料想不会成为旁人的眼中钉、肉中刺。十六弟因为长年守御边防重镇，手里握有实权，想必自保无虞。本王虽然多年前就外放出来，也早就沉疴缠身，但难免会有人向太后进献谗言，诬陷本王韬光养晦、图谋不轨之类，哪一桩都会引来雷霆震怒。刚才那几个人告诉本王，钦差已经在路上，要将本王的允儿接到京都去。不知道他们所言是真是假，更不知道太后葫芦里装的是什么药，着实让人心烦意乱。"王爷脸有忧容。

　　老者忙宽慰他："吉人自有天相，情况也未必有您想象的那么糟。京城离这里有千里之遥，眼下又是朝争愈演愈烈之际，估计他们一时半会儿也腾不出手来到这边兴风作浪。俗话说得好，手再长也有够不到的墙。话说回来，即使大难临头，也未必就没有应对之法。"

小男孩允儿高兴地拍着手说道:"外公有办法,外公有办法。外公砌一堵很高很高的墙,把我们都保护在里面,外面的人就进不来了。"

老者苦笑道:"他们会把墙推倒啊。"

小男孩说:"那我们就把几十道墙叠在一处,外面一座墙最高,里面依次降低。我们在里面可以一级一级攀到最高的墙上。外面的人是不可能越过那道高墙的。外公你说是不是?"

老者被允儿逗得发笑,说道:"那我们也被圈在里面,出不去了,允儿不嫌闷得慌吗?"

允儿说:"有外公陪在允儿身边,允儿高兴还来不及,哪里还会嫌闷发慌呢?"

老者将允儿揽在怀里,说道:"外公也不会离开允儿的,外公自会一直守在允儿身边。"

这会儿,王爷才沉声说:"我们一直有此打算,希望您能带允儿走,隐姓埋名。哪怕让他跟着您学砌墙,做个快乐的泥水匠、小木匠,也比做个担惊受怕的外放王爷强。"

老者道:"天潢贵胄,说什么也不会就此埋没于荒山野岭的。王爷您这是多虑了。"

王爷说:"昨儿个本王梦到了先皇。他把一枚玉扳指给了允儿,又扳着允儿的几根手指说:'这根手指太细了,套不上;这根手指也太细了,还是套不上。'最后套在了允儿的大拇指上。本王向先皇斗胆进言说:'父皇,这是您的皇孙戴允常,您还没有见过。'先皇非常生气,大声斥责我:'见没见过,不都是朕的皇孙吗?'说完,先皇就牵着允儿的手离开了。本王在梦里急得大叫父皇父皇,可哪里还能见到他们的身影。原来是南柯一梦,醒来一时心绪难宁。又听说城里来了三个怪人,本王就想请他们来,问一下他们,可有远近的消息。现下这个光景，本王也不担心自身，横竖就是一死，算是为家国靖难了。本王只是放心不下允儿。此前本王就曾发誓，荣华富贵没有边，到头来也就是镜花水月，只希望允儿能如普通家庭的孩子一样成长生活，健康快乐些，知书达理些，人情世故些。钱财不在多，不捉襟见肘就行。名不在显贵，不遭遇横祸就行。但现在这些寻常人家的生活怕也是难以企及了。

"您不是一直念叨着说要回故乡颐养天年吗？您把允儿带走吧。"

小男孩一听又喜又愁，都挂在脸上了。高兴的是他可以跟外祖父在一块儿，他可喜欢缠着外祖父了，不过平时没有父王允许，他是不能随便打扰外祖父的，担忧的是他会因此离开父母，不知道什么时候能够再相见。

正在这时，管家一路小跑着进了别院，神情紧张，说话声音都颤抖了，禀报王爷有懿旨到，钦差已经在中堂等候宣旨。

果然如那几个怪人所言，钦差大臣已在途中，只是没想到这么快就到了。

王爷以为一家人终于还是难逃厄运，情急之下急火攻心，眼前一发黑，身体顿时软绵绵地垂倒在地。允儿一时不知道发生了什么事情，见父王倒地不省人事，他们父子情深，自然上前握住王爷的一只手。老者赶紧抱起王爷，给他深掐人中。一番手忙脚乱之后，王爷悠悠醒来，先爱怜地摸摸依偎在身边允儿的脑袋，随即紧紧握住老者的手，用力摇了摇，一切尽在不言中。王爷不敢怠慢，挣扎着起身，去中堂迎接懿旨。

懿旨诏令世子戴允常即刻进宫，陪伴懿驾，一路上除了安排必要的侍奉的仆人，亲人一律不得随行。

安顿好了钦差大臣一行，王爷急忙请来了自己左近之人，商讨应对之策。

太后此举，实在是让人捉摸不透。如果说是将戴允常作为人质扣押在京城，实在没有必要；换成是将十六王爷的世子人质于京，倒还更容易理解些。不过既然太后下诏如此，抗命只能速祸。可是将戴允常送入宫中，无疑是将年幼的孩子推入火坑，不要说王爷，身为父母的都会觉得于心不忍。众人一时左右为难，都是满面愁容，哀叹连连。

王府晚上设宴款待钦差一行人，少不了随行上下都有一番打点。看到王爷等人心有结患，暗揣忧伤，强颜欢笑，钦差大臣于心不忍，就点拨了一下王爷："世子此番急调入京，卑职以为，王爷无须太过担心。虽然天威难测，但太后最近凤体违和，病榻之上多有所虑，也是人之常情。种种迹象表明，困扰太后多年的症结或许即将告一段落。"

钦差大臣认为这是天大的一场富贵落下来，落到了戴允常的身上，到时候父凭子贵，王爷应该笑得合不拢嘴才是。他没想到，王爷压根儿就不愿意让世子去京城。伴君如伴虎，这一点王爷心里自然最清楚不过。

诰命责令即刻启程，钦差大臣还是尽量宽限了数日，让王爷一家人可以多相守几天，详加准备行程所需之物。

这即将逝去的天伦之乐，被浓浓的离愁别绪笼罩着。

外放王爷没有谕旨是无法进京面圣的，私自离开自己的封地更是一项重罪，几乎可与谋逆等同视之。王爷仔细权衡之下，只能让戴允常外公冒充老仆，夹杂在随行下人中，照料戴允常一路的起居，以应付不测。

在舟车劳顿中，外公利用一切机会，寻找和戴允常独处的时间。

戴允常第一次出远门,对沿途所见的一切都充满了好奇,同时准备了一箩筐的问题问自己的外公:"外公外公,为什么父王一再叮嘱我,只有在没有闲杂人等的时候,我才能喊您外公?"

外公说:"因为你这次是去见你的奶奶,她可能不希望你带着外公一起去见她,所以外公只能悄悄地陪着你,千万不能让你的奶奶知道。"

戴允常又想到了一个问题:"外公,我不是有奶奶吗?怎么又冒出来一个奶奶?"

外公说:"她是你的大奶奶。你要比对你的奶奶更尊敬她。"

戴允常又问:"那我到底有多少奶奶啊?"

外公说:"允儿的爷爷娶了很多老婆,按理说你都要喊她们奶奶。不过,目前你只要记住这个大奶奶就行。而且,你不能喊她大奶奶,或者是老太太，你要喊她太后。"

戴允常还是不理解，他心里暗自琢磨，不是说是奶奶吗，怎么又成太后了。很快他又冒出了一连串的问题："外公，我们要在这个奶奶家待多久？我们什么时候可以回家？"

外公说："如果允儿很听话，讨奶奶喜欢，她就会很快让我们回家。如果你惹她生气，她就不会让我们回家，允儿就要隔很长时间才能见到你的父王和母亲。"

戴允常吐了吐舌头，说："我会很听话的。这个奶奶人很凶吗？为什么大家说起她来都很害怕，就好像我们府里的丫鬟仆人们说起我的父王一样？这么凶的奶奶家里肯定也不好玩。外公，我能一直跟你玩吗？"

外公说："我不会离开允儿的。但我们不能经常见面。"看到允儿流露出悲伤欲泣的神情，心下又不落忍,安慰道,"外公这次出来,你的父王交代了很多事情,都很重要,外公除了要陪允儿,也要完成这些事情。"

戴允常这才破涕为笑,说:"我想看外公您砌墙。好久没见外公您砌墙了。"

外公说:"这一路上的停留歇息的时间短,也找不到砖,等我们到达京城安居下来,外公就给你砌一道又高又宽的墙。"想到太后这么突然下诏带走允儿,路上行走得又这么急促,外公心下益发担忧。

戴允常很高兴,用手比画,说"那咱们修一道百雉之墙!"

外公眼中闪过一丝惊奇之色,夹杂着疑虑,但转瞬即逝,说:"好,那我们就砌那么高的墙。外公为我们允儿,砌一道百雉之墙。"

途中无事,一路行止都有驿站工作人员负责照顾打点，很快就到了京城。

戴允常被宫中太监径直接进宫里，其他人原地待命。后来宫中太监又传下谕旨，戴允常得留在宫中太后身边，一应生活起居都有宫女太监服侍，随行的仆从着令即刻回归王府。

外公始终放心不下，安排随行的仆人回去复命，自己一个人在京城找了个隐蔽的小院子，住了下来。

这一住就是五年。

五年里，外公不知道砌了多少道墙，又推翻了多少道墙，但是，有关戴允常的消息一星半点都打听不到。

有一天，外公倒是等来了三个流浪汉，一个又聋又哑，一个又瞎又哑，一个又瞎又聋，正是"罔见""道听""途说"三人。可惜外公已经忘了戴允常在王府中曾提起过的三个仙人。说是机缘凑巧，他们适时又出现在王府中,给人的感觉却是,他们似乎从未离开,或者像被王府这座大磁铁牢牢吸附住了一般。他们顺理成章地成为最佳信使,替王爷为外公捎来了一封密函。

信中写道:"自允儿前往宫中,本王夫妇二人夙夜兴叹,忧思难忘,病体沉疴,欢颜不再。不意想接到密诏,太后懿旨,勒令本王夫妇饮鸩自尽。想来是立子去亲。若允儿果真被扶植做了皇帝,他在京城毫无根基,朝政格局又是钩心斗角,他置身风口浪尖,又如何自保?必成为朝争的牺牲品。本王夫妇去后,允儿在这世上就只有您一个亲人了。允儿就只能交付给您了。"

外公看后老泪纵横,泣不成声。三人虽不知信中内容,但变故之日都在场,他们见到听到了一切,但无法说出,因为真相早就被他们预言,并由王爷写在了书信中。他们星夜赶往京城,一路上依旧给人们弹唱古今往事。王爷夫妇自尽之事,被他们不着痕迹地融入了前朝托孤成帝的往事中。历史总是惊人地相似,有时候这种相似简直就像是人们刻意为之,不是行为当事人,就是后来的讲述者。在他们到达京城前,关于托孤的传言已经先一步弥漫于京城人的口耳之间,好像每一个人都成了明眼慧心之辈,进行了丰富然而歪打正着的联想,孤儿就是戴允常,戴允常就是孤儿。可惜的是,关于戴允常从幼齿孤儿变孤家寡人的流言蜚语,不独深在皇宫的戴允常没有机会听到,就连藏身小院的外公也无暇听闻。

由此,外公暗下决心,哪怕将这把老骨头埋在京城,也要等到和外孙见面的那一天。三人安慰外公,祖孙必有相见的那一日。他们是闲云野鹤惯了的人,家书带到,使命达成,也就辞别外公,继续流浪漂泊。

三

戴允常进宫后,先是被带去磕头拜见了大奶奶。那么小的一个孩子跪在地上,仰望上去大奶奶可不就不怒而威,让他胆战心惊。退下来后,很快就有几十个人跑过来侍候他,大大超出王府的规格。

给他洗澡的就有五个人,一个人负责搓身子,一个人负责用香料,一个人负责打水,一个人负责递毛巾,一个人负责给他擦身子。洗完澡后,给他更衣的有三个人,给他梳妆打扮的有两个人。

然后是吃饭,为了防止菜肴变凉了,光是传菜的就有二十几个人,他要吃什么菜,还有一个太监专门给他布菜,边给他添菜边报菜名。这些菜名五花八门,也是他闻所未闻的,王府虽然也尊贵,但在饮食上还没到这等奢侈的地步。

此外，还有侍寝的，照顾他大小解的。

接下来，戴允常又见到了好几个山羊胡子老头，他们都是他的老师，负责教他各门功课。课程排得满满的，上午四小时，下午四小时，晚上还有两小时。除了学习圣人之言，重温祖宗家法体制，还要上体能锻炼课。

几天下来，戴允常就开始打瞌睡了，还差点忘了自己的外公，或者说一不小心就会喊出外公。但是他知道，外公这个秘密不能让大奶奶这些人知道。他甚至很担心，外公会不会因为等不到他的消息，自己先回家了。

每隔一段时间，太后就会召见戴允常，查看他的学习成果。

有时候太后会问他："如果让你做皇帝，你乐意吗？"

戴允常不知道皇帝具体是做什么的，只是联系到目前自己的处境，反过来问太后："做皇帝是不是就要永远离开自己的父母，要被很多人跟着，要上很多功课？"

太后默然，隔了一会儿才答道："做皇帝可能是要很辛苦，但很多人认为是值得的。不管付出多少多大代价，都是值得的。甚至兄弟反目，众叛亲离，到后来君临天下，就会称为'孤家寡人'。个中滋味，也许只有做了皇帝的人才能真正深切体味。"

戴允常见太后有点闷闷不乐，就自告奋勇："那我就做一回皇帝好了。等我做了皇帝，我就告诉你做皇帝是怎么回事，这样你就用不着遗憾啦。"

太后被逗乐了，有意逗戴允常，问他："我让你像笼子里的小鸟，失去了自由自在，看得见的只有四方城墙之上的天空，不能像普通孩子那样撒欢扑腾翅膀。我让你小小年纪就要离开父母,每天要学这么多的功课,远远超出了你这个年纪所能体会和承受的辛苦。你不会觉得厌烦吗?"

戴允常说:"我离开父王之前,曾经见过三个很奇怪的人。他们一个人能看到我,一个人能听到我说话,一个人能和我说话。我觉得他们是仙人,仙人就是这样的,他们居住在狭窄的空间里,看到或者看不到,听到或者听不到,说出或者不能说出,都一样的怡然自得。我现在住在这里,经常会想起这三个人,就不觉得烦闷啦。"

太后没想到戴允常说出这么一番古怪的话来,一时倒也不去想他的怪论从何而来,更像是喃喃自语:"别人都畏我惧我,就好像我是一个疯疯癫癫的老婆子,喜怒无常,乖张不羁,不知道什么时候就会翻脸不认人,都离我远远的,为什么你一个小孩子,我这样对你,你还要对我这么好呢?"

戴允常于是放胆靠近太后,依偎着耳语道:"因为你是我的大奶奶啊。但是,他们都不让我这么喊你,再三叮嘱我要称呼你为太后。"

太后听后有所触动,不觉呆呆出神。她第一次像祖母一样将戴允常抱起来,心想自己是何苦来哉,戴允常们生在帝王家是何苦来哉。

自此以后,太后心无旁骛,决意要让戴允常这个孙儿来继承大统。为了替他登上帝位扫除障碍,太后找来帝党后党的核心人员,逐一告诉他们,既往不咎,自今以后再没有后党帝党之争。于是众大臣心里都跟明镜似的,知道太后内心已有明鉴,新皇的确定人选呼之欲出,并且要为新皇预立顾命大臣了。

新皇是谁,从太后懿旨戴允常进京就昭然若揭了。只是当时朝廷大臣还不清楚太后葫芦里卖的什么药,是要垂帘听政呢,还是还政戴氏?是要为缓和愈演愈烈的朝争，找一个双方都能接受的权衡点呢，还是想要彻底结束这段混乱不堪的时局，选立一个恩威并施的君主？

从后续来看，太后对戴允常宠爱有加，似乎不像是要扶持一个傀儡孙皇帝这么简单。太后年已迟暮，迟早要日薄西山，戴允常却还是一个小屁孩，极富可塑性，早晚要荣登大位，到时候赏罚臧否，还不都是仰在帝心，自出圣裁？

临时抱佛脚，容易被佛踩一脚；平时滴点眼药，总有低眉顺眼的时刻。

一众文武大臣就这么纷纷打起了自己的如意算盘。

太后冷眼旁观，洞若观火，只是不捅破这层窗户纸。她着手培养戴允常，看到他天资聪颖，学业精进，老怀大是开慰。她自忖虽然一时糊涂，导致皇室人丁凋零，但天可怜见让她挖掘出了戴允常。

在太后眼里，这位孙儿必定是一位中兴之主，好歹也算是补偿了自己的过失。

五年时光转瞬即逝，太后自觉油尽灯枯，大限已到，而戴允常在她的刻意栽培之下，文才武略，已经隐有乃祖之雄风。只是有一点，让太后有些担心。

五年之中，戴允常时刻不忘自己的父母，有一次甚至跟自己的大奶奶（在私下里他们以祖孙相称）说，希望有朝一日他能够带着祖母返回故里一趟。太后心下愀然，故里之思让她想到了很多。狐死必首丘，羊羔总跪乳。"首丘"让她意识到了自己来日无多的命运，"跪乳"却让她心弦紧张了起来。

戴允常的生父贵为王爷。在戴允常荣登大宝之后，这个王爷会不会以天皇老子自居？自己多年的苦心经营，会不会因为这根出头椽子而"为山九韧，功亏一篑"？自己百年之后，如果天下再度陷入混乱不治的境地，那不就是自己亲手将戴允常架在火上烤吗？

太后思前想后，一时嘘叹连连。时隔五年之后，太后再次将目光对准了王族。不过这次她没有大动干戈，只是下达了两道谕旨：第一，手握重兵的十六王爷，宠命优渥，加其肃亲王头衔，担任新皇帝的监国；第二，密令戴允常的生父七王爷和嫔妃们自尽，以避免新帝继位之后，有制掣之虞。

此时太后又老又病，眼睛白内障严重，已经不能视物，双耳失聪，说话也颇费周章。戴允常过来探视，依稀在太后身上发现早年曾经见过的三个怪人的影子，深以为怪。太后最后一次和戴允常闲聊，先是问他："大奶奶看不见了怎么办？""大奶奶听不见了怎么办？""大奶奶不会说话了怎么办？"戴允常此刻已是少年，但仍然不失童心，一一回答说:"我替您看。""我替您听。""我替您说。"本是一个少年对长辈的拳拳之情,但听在一些随侍耳朵里,却分明是祖孙俩进行了一场奇怪的权力交接仪式,心内已把戴允常敬为皇帝。

太后备觉欣慰,复感悲伤。她已经置身于生死的边际,往事摇摇,人生经历中那些重要的时刻汹涌而至,她固然衰老不堪,但依旧历历在目,声音清晰地在耳畔绽放。她宛若再次经历,回味咀嚼,那些最是痛苦的决定,那些至为后悔的事情。她要和这个她纠缠许久的世界作别了,撒手人寰,除了戴允常,她竟然没有别个惦念;除了戴允常,她竟然毫无所恋。而戴允常就是她留在世上的眼,戴允常就是她留在世上的耳,戴允常就是她留在世上的嘴巴。世人怎么看她,一部分会参照她自己的所作所为,一部分会取决于戴允常的所作所为。她曾经是皇帝的儿媳,后来则成为皇帝的妻子,以及皇帝的母亲，皇帝的祖母，在这种种身份的转换中，她对权力深怀恐惧，也极度迷恋，渴望游刃有余地使用权力，以为自己会在这场角力中毫发无伤，但是她错了，在油尽灯枯之际，她才不得不承认自己早就遍体鳞伤。她觉得戴允常会是一个好皇帝，她在戴允常身上看到类似好皇帝的潜质。戴允常是她死后仅存于世的遮羞布，是她集中最后力气进行的放手一搏。

太后所能安排的一切既已停当，新皇继位就显得刻不容缓。即使皇家司仪夜观星象，极力劝阻，谏言新皇登位最好另选吉时良辰，但太后已经迫不及待。她已经撑不下去了，希望能在新帝登基之后死去，用太后之薨来巩固新皇的权势，强调皇帝已经君临天下，独掌乾坤。

果然，新皇隆重的登基大典之后，太后说死就死了，举国尽素，在这一片惨白中却隐隐透露出一些喜庆的意味,不仅是送走了一个老人,哪怕她贵为太后,还是迎来一位少年天子,他已经做好了准备。

四

所有这一切对戴允常来说,就像梦一样。

首先,他不知道自己日复一日的学习,将来会发挥什么作用。山羊胡子们告诉他:"学以致用,是备着将来不时之需。"

戴允常百思不得其解,觉得这种说法简直是狗屁不通,问他们:"这些都是你们教我的,我学得再好也没有你们的学问大。将来如果有需要,为什么不干脆由你们来提供问题的解决方案,却要我用从你们那里得来的二手知识来加以解决呢?如果解决得好,里面自然也少不了你们的功劳;如果于事无补甚至激化问题变得更严重更棘手,你们是不是就置身事外,甚至早就想好了推卸责任的托词?"

山羊胡子们每每听到这句话,就会吓得面无人色,一个劲地磕头,像捣蒜一样。"皇上明鉴,微臣万不敢存此心念。微臣当为皇上肝脑涂地,万死不辞!"这些号称为天下读书人楷模的当世大儒,通晓历史,学富五车,经典烂熟于心,言必有出处,行必蹈规矩,一点也不可亲可感。戴允常每次上课,置身于严谨刻板的老夫子们中间,连他们所讲授的各种课程也越感乏味起来。

另外,宫中生活特别无聊,没有一点点娱乐,很不符合一个孩子的天性。无论戴允常走到哪里,那些看见他过来的太监、宫女和侍卫们,都会担心避让不及,自动后退三尺,好像船头破水一般。当他成为皇帝后,这种状况更严重了,他的身边几乎没有活物,如果他有什么需要,只要吩咐一声,太监和宫女们都会一下子涌现出来,让他产生窒息感。几十双眼睛看向他,几十对耳朵对准他,但戴允常觉得他们看的是别的东西,听到的也是别的东西。他尝试从他们的角度去看,去听,他看到了无,听到了寂。这些感觉他无从找人倾诉,老师们也不会给他解惑,他们只是负责授道,他只能自己慢慢消化。

当初他在王府的时候,经常会央求侍卫仆人带他出去逛街,看街道纷繁的万象涌入眼帘,一层层跌宕至远处。偶尔也会缠着外公带他去远足野炊,观察外公很快地搭砌简易灶台,生火做食,注视着袅袅青烟融入青天。现在这些都是奢望。他无法走出皇宫半步,最多也就是抬头仰望天空。皇宫禁卫确实森严,上空真的连一只鸟儿都没有飞过,和雷池一般无二。他就在这样的天空下,见无所见,闻无所闻,小小年纪就体会到深深的无法排解的孤独。这些孤独也许是好的孤独,但也是可怕的孤独。孤独环绕着他,孤独触手可及。戴允常想念家乡,父母和外公,都遥不可及,像是生活在另一个世界里,他不会缩地术,也不能千里传音,或者隔空视物。

除了太后,他再没有一个亲人在身边;就是太后,他也觉得更多的时候最好"敬而远之"。她很少流露真情实感,导致她去世之后很长一段时间,那个威严的太后似乎还在俯瞰着皇宫,让人无时无处不感觉到她的严阵以待。好像她的死,也是一次深谋远虑的布局和制造出来的假象,她随时都可以从墓中走出来,显得很不真实。

年幼的戴允常自从进宫后,就在太后的监督下学习繁冗琐碎的"王道"。例如"人伦纲常""御人之道""简在帝心""政从人出""有法可度""任人唯才""人尽其用""文张武弛""权力意志""圣人意志""尧舜禹汤"之类。

太后更是对他谆谆善导:作为帝王,要什么都懂一点,这样才不会受到左右之人的蒙蔽和忽悠;

要"克己复礼",才能避免因为自己的好恶对国家政权造成不可挽回的损失;要知人善用,才能扬长补短,将他人的智慧能力不打折扣地服务于自己;要见微知著,才能高瞻远瞩,防微杜渐,不让星星之火终成燎原之势。

简单点说,作为帝王,就是终其一生重复做一件事情:让文官们成为他智力的延伸,让武将们成为他力量的延伸,让厂卫们成为他的眼睛和耳朵,让御史们成为他的口舌,让各级地方政府成为神经元和血脉,源源不断地下达命令和传递营养。对此,戴允常渐渐觉得无聊,反感也一日深似一日。他想起他在童年时期见过的三个怪人,在懵懵懂懂中,他希望他能拥有的是他们的眼睛、耳朵和口舌,看见、听到和说出的是简单、准确、直接的事情。如果可能,他也希望跟随他们的脚步,在大地和人间游荡,在诗句和歌谣中过完一生。

他不愿意像现在这样,作为帝王深居内宫,影响却遍及全国。普天之下莫非王土,率土之滨莫非王臣。他要如身使臂,如臂使手,如手使指,那样来调动全国的人力资源,然后像一只超级宅男蜘蛛那样,吸食这些供养,变成一只巨大的蜘蛛,结盘一张大网。这张大网如此夸张,能网住风和月光,甚至渴望网住时间。他感到前怕,前怕是他能接受的,他更不愿意后怕或者后悔。

一位合格的帝王,所做的无非是这些。一位超级帝王,无非就是更讲究效率,控制得更为严密,像一台设计精密的机器一样,在运行的时候不能出现一点故障。假如出现了故障,可以自检,如果自检无效,那就只能换一台机器。

所有帝王都喜欢说"存天理,灭人欲",是因为帝王基本上都是这一规则的受害者,他们希望天下的老百姓都能"存天理,灭人欲",成为小机器人,那样统治起来就方便多了。可惜帝王时不时都会冒出些人欲,而且这些人欲是因为久经抑制之后才冒出来的,就好像火山喷发一样,又壮观又可怕。帝王如果在这样的壮观面前自我陶醉,深陷其中不能自拔,那就会让这种喷发成为常态。上有所好,下必附焉。所以说,天下之治,是不可能长治久安的。

地震火山频发地带,想要不乌烟瘴气,那是不可能的。

那么,帝王就没有一星半点正常的志趣吗?比如说,像王冕在雨后的山坡上放羊之余画点荷花,像一个樵夫那样背着柴火放歌山畔,像热衷于填字游戏的职场白领那样纵思横想,像奥巴马那样喜欢打篮球,经常邀请篮球运动员在白宫聚会。

作为一个人,肯定会有一些天然志趣的,就好像有些植物具有趋光性一样。不过,当一个人成为皇帝之后，他就成了一株病梅，什么枝条都没有了，只有光溜溜的一根主干，看上去是那么的单调、乏味。作为皇帝，他将被培养成只有一种志趣，那就是做皇帝。

皇帝不是一个工种，也不是一种身份，而是一种基因突变之后出现的变种。就好像印度象在基因发生变异之后，变成白象一样。它其实是白化病。人类中也会出现白化病，但白化病人很少是皇帝。如果白化病人做了皇帝，他可能就会要求所有人跟他一样，用布匹严严实实地将自己遮掩起来。

作为皇帝的人，除了在任期内不遗余力地大做特做苦做巧做"皇帝活"外，基本是无法发展其他正常志趣的。

如果你喜欢修仙，你就无法正常地处理朝政；如果你喜欢画画，那就是不务正业。这样的皇帝，显然没有做好自己的本职工作。

只有喜欢做皇帝,努力发展做皇帝的基本技能,不断地练级升级,才可能成为一个制造盛世的帝王。他可以收获盛誉,在帝王史上留下浓墨重彩的一笔,修建规模庞大的皇陵供人凭吊,在时间长河中磨洗,半遭沙埋。

为了对抗这种终极无聊,每一个帝王在其生涯中都会挖掘出一些可疑的志趣爱好。比如说,有龙阳之癖,喜欢伶官、太监、侏儒、阉歌人、弄臣等,偶尔会出现异装癖、异食癖、歇斯底里症(俗称大头病)之类。

当一个皇帝坐在龙椅上,努力压制自己要啃食指甲的冲动,耐着性子听取大臣们的请示汇报,或者是慷慨激昂的演说,或者是针锋相对的辩论,他会油然而生一种虚无感。做皇帝做到这个份上,真是折磨人,而能把龙椅坐穿的人,绝对是极品,已经不能用恋栈来形容,他们已经像吸食毒品一样享受这样的超级待遇了。

戴允常，或者说是每一个帝王，都遭受着这样的折磨。做皇帝，绝对是一个苦差事。从人到皇帝，绝对是最为辛苦的蜕变。而且终其一生，即使遭遇武装逼宫、主动退位这样的事情，可以让他们摆脱掉皇帝这样的角色扮演，仍然处于变态发育中。一个人一旦想做帝王，那种渴望就会啮咬其心，一个人一旦做了一天帝王，那种体会就会牢牢控制其心。

只有死亡，才能将一个帝王彻底解放。

五

继位之后,戴允常最迫不及待要做的事情是:出宫去,找外公。

皇帝的旨令,没有人胆敢不遵。虽然在此之前,戴允常即使只是提出出宫的想法,也会遭到左右随侍之人的苦苦劝止。原因很简单,戴允常出宫,他们可能会遭到训斥,若出了什么意外,他们更会遭到严酷的惩罚。至于戴允常,只要不少皮毛,全须全尾地出现在太后面前,太后顶多会呵斥一番,像慈祥的祖母对待调皮不听话的孙儿。这也难怪,宫里面什么都有,干吗要出宫去。外面有什么好,市井生活而已,实在是有辱视听。在太后看来,已有的就是最好的,将来的只会是更好的。现在新皇一声令下,全城随即展开全方位无死角的地毯式搜寻，若是捕捉一个在逃犯采取这样的规模，肯定没有藏身之所。一队队的士兵纵横交叉地巡视，官府衙役们挨家挨户探寻，类似于一次认真执行的人口普查，杜绝瞒报，禁止虚报。所有这一切只为找到外公，此时戴允常已经知道父母去世，在世的亲人只剩下行踪不明的外公了。戴允常知道外公肯定藏身在京城的某一处，在守望着自己，在苦候着自己。

即使是一只老鼠，在京城挖地三尺也能找出来，何况是一个大活人。

戴允常就这样找到了外公，非常高兴，真情流露。外公已经老态龙钟，看到他的允儿，想起王爷夫妇，喜极悲极，紧紧搂住不放。戴允常终于感受到做皇帝的一种便利，他得以找到外公，并且毫无顾忌地尊喊一声"外公"，依偎在外公怀中，天真烂漫得如同一个孩子，就像回到从前一样。哪怕是已经躺在棺木中的太后,这时候怕也不愿意为此中断她的长眠。他像一个天真烂漫的少年一样,急于向外公倾吐自己这五年里所遇到的一切。

"他们教我做皇帝应该掌握的一切。教我言行举止,教我如何表达自己的情绪,如何揣摩他人的欲望和恐惧,如何运用手上无边的权力,一方面要控制雷霆手段,一方面要展示霹雳心肠。这让我觉得,做皇帝就像是在扮演一个不存在的神通广大喜怒无常的偶像一样。所有人推着我往前走。我如果懈怠了,不进则退,他们就会自责不已,就像犯了不可饶恕的罪过,他们在我面前抬不起头来,这让我于心不忍。他们惯会说大道理,但又巧妙地利用了我的同情心。他们看似通彻,但又谨小慎微,战战兢兢而又不着痕迹地达成他们的任务,塑造一位合格的皇帝。

"学习时间很长,划分为很多时间段,有很多功课,而且几乎没有休息。我常常不知不觉就睡着了,被他们含蓄而又坚定地唤醒。有一段时间我特别想外公,可是有时候我又忘了外公。"

虽然戴允常已经成为一国之君,外公在久别重逢之后,仔细端详着外孙,忍不住还是提出心存良久的疑问,那就是做皇帝的准备期既然如此辛苦和残酷,他的允儿是怎么扛过来的?那些培养过犹不及,近乎折磨,他的允儿却似乎没有受到影响,在山泉水清,出山水仍清,是怎么做到的?

戴允常告诉外公,小时候他曾见过三个怪人,就像一场不再真切的梦一样,后来三个怪人频繁出现在他的梦中,两个视而不见,两个听而不闻,两个有口无言,三位一体,结伴而行,也就能看见,能听见,能说出。他觉得怪异极了,但并不感到害怕,因为那个时候他被多人环顾周侍,并不感到快乐,这些人他也未觉亲切,反倒是这三个怪人让他感到安全和放心。醒来后,他惊奇地内省到自己有嘴巴有耳朵有眼睛,这是非常新奇的体验,他用耳朵收听自己的言谈,他用嘴巴说出自己的所见,他用眼睛追寻自己的声音。他朝着一个罐子说了无数的话,密封起来,埋在了御花园里,过了一段时间他又悄悄打开,看到这些声音从罐子中飘逸出来。他想,不大的罐子里怎么能够存储这么多声音,声音难道不占空间吗?他又往罐子里倾倒了更多的言语,并放入一颗树木的种子,一年后,树苗破土而出,以惊人的速度长成一棵枝繁叶茂的大树,没有人知道那些叶子都是声音凝聚而成的,风吹树动叶子响,没有人听出这是在复述戴允常密封起来的话。戴允常在心里把这棵树当成另一个会说话的自己,经常会在树下逗留。

树的长成在皇宫里被传为怪谈,当时太后还健在,正在致力于把戴允常打造成一个合乎其位的帝王,她让有关树的不稽言论成为皇宫秘事,都说秘闻都有脚,自己会走散走失,融进历史的深处,但太后把这些会行走的脚都砍断了,还为此弄瞎了无数双眼睛,让无数双耳朵失聪,并连根拔除了无数条舌头。至此,眼睛塌陷了,耳朵堵塞了,拔出舌头带出血肉如泥,这些声音像星星一样落了一地。

这让年幼的戴允常非常痛苦,有一段时间三个怪人不复在他的梦里出现,取而代之的是那些失去视力、听力和说话能力的可怜的宫女、太监和侍卫们。戴允常深切地意识到,让一个人同时失去眼睛、耳朵和舌头是残忍的,而在梦里看到这一群人则是恐怖的。戴允常看到他们看向自己,听向自己,嘴巴洞开好像在对着自己说话。戴允常听到了他们的呐喊,听到了他们的悲诉。还给我们一个看得见的世界,还给我们一个听得见的世界。你们把它夺走了,但于你们的世界无所增益,而我们看不见了,我们听不见了,我们失去了和我们世界的联系。光的纽带、声音的纽带,被你们砍断了,我们和我们世界的联系,被你们强行终止了。我们被滞留在了此岸,那艘船在时空里飘走了。告诉我们,快告诉我们,彼岸在哪,彼岸在哪?一瞬间,那些眼睛好像都能看见了,那些耳朵也似乎都能听见了,从喉咙深处涌出了巨大的吼声,像春雷滚滚,像冬雷震震,汇聚成一股语言的洪流。彼岸在哪?在梦里的戴允常吓了一跳,他能感到自己的身体被强大的声波触动。然后一切恢复原状归于平静。可怕的人群不见了,梦境被纯色的黑暗笼罩住,良久,戴允常看到了两点星光,那是他自己的眼睛,然后他感觉到黑暗层产生了轻微的颤动,在两点星光下方,嘴巴的轮廓出现了,伴随着声音出现的,是他的两只耳朵。耳朵在黑暗中清晰地捕捉到了声音。那声音是这样的:彼岸在哪?这声音是坚固的四份团状物，不能静止，也无法飘散，只是缓慢而有力地漂浮着。

戴允常异常自责，本来他还打算用同样的方法，在他生活的周围种上更多的花草树木，让自己的声音可以随时随地陪伴自己，但他立刻停止了计划。如果有更多无辜人会因为自己的行为被惩罚被伤害，那这种行为就是无耻的不公的。他想到了外公，想到外公总是不停地砌墙，修到一定高度就推翻，然后重建。那个时候他还小，虽然对外公砌墙的行为无比着迷，但并没有问过外公为什么要这么做。他只知道一个大概。外公是一个木匠，这个木匠的女儿嫁给了王爷，于是这个木匠从此过上了锦衣玉食的生活。这是对外公流传最多的版本，但与事实多有出入。外公并不是生来就是木匠，他做木匠可能是被动的，但他砌墙是自愿的，并且乐在其中。这是戴允常童年时期喜欢看外公砌墙的真正原因。他迷恋的不是外公的砌墙术,而是外公的乐在其中。砌墙是可以代替思考的,就好像面壁一样。而且这种思考在外公那里可能会被拓展开来,内延和外延都会延长。一堵墙宛若幽暗的一段线,它分割了空间,并且将时间凝固其中。墙被推倒之后,空间恢复原貌,但凝固于墙体中的时间也瓦解了,好像这瓦解是另一种形式的凝固,于是,空间虽然还原,但时间依旧被流逝和消耗了。如果墙不被推倒,空间和时间在墙这一附着物上是不是就得到了新的表现?

于是,戴允常不再种树,他开始尝试做木匠活。从小在外公身边的耳濡目染,让他对木匠活并不陌生,同时考虑到在皇宫砌墙太过醒目,不如私底下雕刻一些小器物,可以避开耳目,同时也不会被人反复提起。

这就是戴允常入宫之后,到见到外公之前,他清楚记得并认真做过的一些事。当戴允常向外公说起这些的时候,外公感觉就像听戴允常做过的梦一样。人应该在任何环境下学会自得其乐,但是让一个孩子,一个即将要成为皇帝的孩子,过早地沉浸在时空的迷思中,外公还是觉得有几分不吉利。作为外公,他的理解是,他的允儿,这几年生活得真是太不容易啦,好像未老先衰,死亡将至。

六

戴允常将外公带到御书房,那里有一扇暗门,里面则是一个标准的木匠工作间。

平常戴允常看书累了的时候,会享有一段课余时间。他让随侍的太监找来了一套袖珍的木匠工具,有斧头、刨子、钻、锯、墨斗、角尺和竹尺;又找来一些木料,先是自己做一些形状各异的积木,继而开始制作木质的玩具,如木刀、木枪等。最后又找来宫中建筑的图纸,琢磨怎么制作楼台亭阁。

"有一个太监叫王德,他负责我的生活起居。他听命于太后,随时向太后禀报我的一言一行。不知道为什么,他的监管渐渐放松了,有时候我去向太后请安,接受太后的询问,我发现他并没有什么事都向太后条陈。他无法查知一切，不清楚我悄悄地向罐子里说了什么话，但掌握我索要罐子和树木种子的事实。也知道我将罐子埋藏何处，那正是奇怪之树长出的地方。他是太后的耳目，如影随形地观察和记录我的一举一动，而且他也有他的眼线。我在树下听树叶的声音，他也在风中听风声。他不知道我听到树叶在说什么，我也不知道他在风中听到了什么。总之，我们之间逐渐有了心照不宣的好感。他开始视而不见，听而不闻，对太后的报告也越来越简洁。太后并没有因此对他的工作不满意。这让他更加有了信心，尽量满足我的一些要求，哪怕是违规会受到惩罚，也会偷偷地去做，或者指示他的手下太监去办理。有时候我觉得他其实就是可怜我。他为我找到空置的房间，为我挤出了时间，给我找来了木料和工具，甚至让我得以专注地干活，免受不必要的惊扰。在他的协助下，我发现我越来越得心应手,并且更有心得体验。"

很快戴允常就能熟练地搭建出一座袖珍的模型宫殿。为了不让别人发现,他就像外公砌墙那样,修了拆,拆了修。这样多次以后,戴允常惊喜地发现模型内部结构其实非常精妙,或许里面的空间比设想的要大很多。于是,寻常的模型宫殿,其外部一点也看不出奇怪之处,但其内部逐渐像魔方一样变化无穷,像万花筒一样花样百出,慢慢地,内里的高度增加了,内里的广度拓宽了,得以容纳更多的房间。

外公跟随戴允常进入暗室,当时还不觉得里面空间有多大;但是等他再出来的时候,却迷惑了。他进入的房间内部,其实就在一堵墙之内,而那堵墙目测之下根本容不下一个人的身子。

这是怎么回事?

看到外公惊骇的表情,戴允常就跟外公详细解释:"外公,你知道一个这样的故事吗?有几个人一起吃饭。有个人觉得吃饭喝酒没有多大意思,就在一个碗里注入清水,倒映出了一个月亮。那个人拔出头簪,在水中月亮上画了一条线,就像门缝一样。两扇门打开,从里面出来了一个女孩,轻轻一跳,就悬在了半空中,开始翩翩起舞。另外一个人大笑,说没有丝竹音乐,只有一个舞者怪冷清的。他将袖子卷起,从里面跌出一堆人来,有吹笛子的,有弹古筝的,活脱脱就是一个戏班子。演出完毕,这些人谢幕之后就都回到水中月和袖里乾坤去了。那几个人早已经喝醉了,在呼呼大睡。

"外公,水面之下,我们不知道究竟有多幽深;铜镜的内部,我们也不知道究竟有多曲折;袖子里面,我们也不知道究竟有多宽广,就好像你砌的墙一样。一堵墙隔开的是同一个世界吗?墙的内部是不是就像我们认为的那样逼仄?

"我将模型搭建,我又将模型拆除。反复往来,我觉得即使所用的材料完全一样,但模型的内部空间每一次都不一样,新建的模型比上一次的模型总会大出一些。起初还只是隐约觉得,慢慢我就开始积极求证。为了探索这种空间的秘密,我将模型做得尽量大,大到我可以自由地出入其中,得以在内部构思它的结构,丈量它的空间。我发现,空间就好像海面里的水,会不停地流溢出来。如果我在这里加一座花园,花园就出现了;如果我在那里添加一道回廊,回廊就出现了。我不停地添加,奇怪的是空间并没有因此而显得拥挤。虽然当我出来之后,觉得模型外部并没有丝毫变化,但内部确实在膨胀了。由此我想到,模型外部的轮廓,只是和外部世界的界限,它可以永远保持不变,但是其内部却不受这样的限制。换句话说,模型的内部是另外一个世界,可以不停地扩张。甚至我怀疑这种扩张是无限的。就好像我们所处的这个世界一样,它可能诞生于一个原点,随后就尾随着我们的认知,不停地扩张蔓延,大到无边无际,长到无穷无尽。

"现在我还只能制造一个外部看上去就像一道墙的暗室,给我足够的时间,我觉得我可以在模型内部塑造一个村庄,一座城市,一个国家,甚至是整个世界。

"外公,相比于做皇帝,这件事更吸引我。我一直在想,为什么一个人要做皇帝?只要他愿意,他完全可以创造出一个全新的世界,他可以一无所有,也可以拥有一切。

"这个世界很大,但我可以制造一个更大的世界。这个世界属于我,但我希望有一个更大的世界,是属于每一个人的。在那里,每个人都自由平等,分享阳光雨露,可以有自己的兴趣爱好。志趣无贵贱高下之分。一个农民固然与另一个农民是一样的,但与一个歌唱家何尝不也是一样的。那个世界如果还存在皇帝,那么一个皇帝和一个农民也是一样的,只是职责不一样,所承担事情的内容不一样,有可能更为辛苦,虽然获得更多的尊重,但是他没有额外的权力。他不能奴役其他人,更不能欺骗所有人,如果他有遏制不住的欲望,他最多只能奴役和欺骗自己。在那个世界,皇帝或许会是最痛苦的职业,只有苦行者和自虐狂才会选择,并且在众人的悲悯下坚持到底,就像一次献祭或者行为艺术。"

外公一时无法理解这些,他觉得自己可能会选择在这样的世界里生活,但生活在其中的人未必都要理解这样的世界。诠释是属于创造者的。就好像宗教一样。他想到自己的外孙做了皇帝,付出的代价却极为惨重,除了一个无趣的童年,还有父母的生命。所幸的是,外孙看来不会被皇帝这种身份压垮，而且他的发现也将给他提供最安全的庇护所。即使发生叛乱，即使朝臣阴奉阳违，在最后时刻出卖他，他也可以"躲进小楼成一统，管他春夏与秋冬"。

外公提醒戴允常，这件事非同小可，不到万不得已，不能泄露给任何人。戴允常已经知悉发生在自己父母身上的悲剧，但是外公还是向他说起了当年的一幕。三个怪人向外公描述的情景也被外公向戴允常转述。

"你父王离世那刻，我们都不在他身边，倒是有三个怪人当时被你父王招待在王府中。他们暗藏了你父王的书信，辗转到京城，找到我并交到我手中。那三个人也着实奇怪，见了一面就很难忘记。那个唯一会说话的人，说的话也有头无尾。我念他们远来辛苦，又感谢他们千里送家书，挽留他们住些时日，他们却断不肯停留，只说风波在途，方得觅寻彼岸踪迹。他们非僧非道,话里话外却似乎大有玄机。什么此岸糊涂过,彼岸自在留。我问他们我们祖孙能否相聚,他们很笃定地告诉我必能相见,好像他们能够未卜先知,甚至亲眼见到的一样。我因为有他们这番话,才会坚信我们祖孙有团圆的这一天。"

戴允常也觉得奇怪,他亲眼见过三个怪人一次,外公见过他们一次,父王是两次,而自己则多次梦见他们。想来这三个怪人和自己一家大有渊源。戴允常除了命人寻找外公,也派人搜寻三个怪人的下落。但说来奇怪,全国境内都张贴了告示,增布了人手,却毫无进展。三个人好像泥牛入海,消失在了人的汪洋大海中。或许他们已经不在人世,或许他们已经去了异国他乡。就好像传闻所强调的,他们是历史中的传奇,三百年才会一现。戴允常似乎又听到了海啸一般的声音,"彼岸在哪?"

辞世是去彼岸吗？离乡背井是往彼岸去吗？进入历史是靠近彼岸吗？在梦中是踏上彼岸吗？他在帝王的宝座上思考彼岸的问题，他在搭建宫殿的模型时思考彼岸在哪？当他置身于模型的内部空间时，曾经略有惧意地想过，如果他把模型的入口封死了，他是不是就相当于置身彼岸了？然后呢？然后会发生什么事？他在里面拓展空间，一个人，孤独地，像在月亮上的吴刚一样。吴刚日复一日地砍树，而他日复一日地雕琢。这是在打发时日，还是时间因为这重复的举动才被产生和召唤出来？时间流动，在一个密封的空间里，在月亮上，在模型宫殿中，于是空间成真了。虚幻和真实的临界点是时间吗？时间的源点是重复吗？重复创造了时间，拓展了空间，并将时间像空气一样注入空间中，让空间充盈了时间，世界便进入永恒和永动的模式。时间丰富了宇，空间撑起了宙，然后世界便开始启动运行。

这是戴允常的设想，他需要做皇帝，也需要做木匠，才能把这项伟大的工程进行下去。皇帝提供了必不可少的物力，而木匠积累了越来越丰富的经验。是时候了，他要在模型宫殿里把另一个活生生的世界给拽出来。

外公觉得戴允常现在已经可以独当一面，完全不需要他的照顾了。心事已了，再无牵挂，他很快就驾鹤西去了。

七

自此,戴允常作为皇帝,世上再无亲人,成了真正的孤家寡人。戴允常未到弱冠之年,事事谨慎,不敢专断。赏罚臧否,也都尽量做到兼听。一时之间,倒也政事平稳。

戴允常一边做皇帝,一边继续精研他的木匠活儿。随着年岁增加,他手上的权力也越来越大,好像权力也有年轮,会随着时间流逝而往外扩张,而他做皇帝的兴趣却越来越小,他积累的木工经验越多,更加沉浸在探索内部空间的兴奋之中。

这样的情况下,诞生一两个皇帝的助理就显得很迫切和正常了。本来十六王叔是最恰当的人选,由他来分担皇帝的职责顺理成章,戴允常也起过这个念头。不过新帝继位,万象更新,周边国家又趁着邻国内部动乱国势减弱，想要给新皇帝来个下马威，顺便打秋风捞油水。边境形势紧张，十六王爷要镇守边疆，须臾不能离开。

戴允常只能从自己的身边挑选用得趁手的助理。一来二去，那个一向对他照顾有加的太监王德就脱颖而出，地位变得举足轻重。

皇帝喜欢重用太监，可能是因为这些人从小离开父母，对亲人和家庭印象几乎全无，又没有子嗣，即使弄权贪婪，对国家的祸害也要比官员小很多。官员如果弄权，不仅会拉帮结派，而且还会积极为自己的七大姑八大姨谋福利，更要为自己的子孙考虑周全，恨不得为他们准备好金山银山。秦国的嬴政想让自己的后代子孙世代都做皇帝，因此自称始皇帝；那些掌握权柄的大臣未必想让自己的子孙后代都能做风风光光的大臣，但肯定不愿意让他们成为一无所有的穷人，子孙蔓延无穷，他们的贪污也都是没有止境的。

更关键的是,太监主事之后,即使弄权,一步步做成九千岁,但也很少会想要再进一步,妄想成为万岁的。他们虽然欺上瞒下,但很少会直接背叛皇帝。他们未必是很好的代理人,但绝对是忠诚的奴仆。他们和皇帝的感情,往往超出外人的理解。

戴允常心思不在做皇帝,但是他也希望自己的管理能给臣民带来一些实惠。他想要让自己的国境内,物尽其用,人尽其才。耕者有其田,百工之人有一技之长,商人可以自由地穿行做生意,政府官吏有度地行使权责,而且他们都能因为做这些事儿感到快乐。

当初戴允常刚进宫的时候,为他找来木匠工具,并为他严守秘密的王德,就这样受到了戴允常的倚重。当戴允常进入模型开始做木工的时候,往往都是王德守在外边,须臾不会离开,眼睛也不会闭一下，以防止有人擅入。顺理成章的，很多重要的指示，都是戴允常在模型内部想好拟出，再交由王德传达的。一来二去，王德在一定程度上就成了皇帝的代言人。虽然这种权力不过是一种镜像投射，但惯于见风使舵的官员们肯定不会放弃机会，开始一味奉承和巴结王德，很快就让王德手中的这种权力变质了。官员们都心知肚明，见皇帝不易，见王德不难。皇帝点头，王德办事。甚至可以说，王德可以有办法让皇帝点头办事。官员们中间甚至盛传这样一句话："皇帝可以让王德掉脑袋，王德能让其他人掉脑袋。"久而久之，他们敬畏皇帝之心不减，惧怕王德之念也日深。王德是皇权的延伸，惧怕王德本质上就是敬畏皇帝。

　　戴允常与王德确实达成了一种默契。

　　王德可以通过皇帝默许的权力为自己谋取巨大的物质财富，大贪特贪。太监没有了生殖的功能，可能更渴望通过敛财来达到一种心理上的平衡。而戴允常则可以从烦冗的政事中尽量脱身出来，投入木工活儿之中。戴允常对模型内部空间的探索已经到了关键的时刻，一旦突破了这个瓶颈，内部空间就可能自成一体，衍变出一种自足的与当下世界平行的世界。这让戴允常兴奋异常，无暇他顾。

为了实现这样的奇迹，戴允常需要闭关很长一段时期，集中心力攻克难关。

戴允常郑重叮嘱王德："接下来一段时间我不能亲理朝政。除了非常重要的事情，必须让我知道的除外，其他的都给我一律挡回去。"

王德知道皇帝痴迷木匠活，可能是要制作一个惊奇的玩意儿。他以为皇帝心血来潮，这次闭关也像以往很多次一样，只是几天时间。反正以前这样的事情不是没发生过，他早就老马识途了，并不以为意。没想到这次时间是空前地长，王德尽心尽责地守候在模型外面,每到饭点,他必须提醒皇帝用膳。一开始的时候,皇帝还会出来用膳,后来就在入口处匆匆忙忙地用膳,再到后来,膳食益发从简,皇帝也不出来了,只是飞快地伸出一只手,把盛食物的碗盘一下子夺过去,为了节省时间,并不会再送出来。渐渐地,御膳房的碗盘竟然不够用了,又让官窑加急赶制了一批送进宫中。除了消耗掉大量的碗碟,这些碗碟不翼而飞,让所有人颇为惊讶之外,王德另有更深的体会。他觉得皇帝现在离他越来越远了,初始他有什么要事禀报,皇帝立时就会听到并迅即给出批示,渐渐地,他需要把声量提高到足够分贝,皇帝才能听到,而且指示的声音也渺不可闻,最后,即使他把声音提到最高,声嘶力竭地把声音送进去,却再也听不到皇帝的任何反馈信息了。皇帝好像不再听到他的任何喊叫,好像失聪了,好像失踪了。王德内心极为忐忑,他开始担心起皇帝的安危，很想走进模型内部，但又不敢。在王德看来，走进模型内部，这是戴允常作为皇帝才能使用的专利特权，好像他王德只要迈进这个空间，就是大逆不道，就是觊觎他万不敢垂涎的东西，那就是皇位和权柄。他满足于此刻的身份和地位，并不想再进一步，那将不仅凶险万状，也会使他坠入万劫不复之地。

王德的忧心忡忡，就像积压的大量奏折一样慢慢抬高。火烧眉毛的还有另外一件事情，送上去的奏折没有回复，引起了越来越多官员的不满，他们不知道皇帝怎么了，因而产生了很多风言风语。连平常从来对政事不管不顾的一些老臣们也假模假样地送来了恭请圣安的奏章，就为了验证皇帝是不是真的置政事不顾，完全置祖宗的法度不顾。一时间，朝廷内外群贤毕至，个个失了面子失了魂，群势汹汹，人人爱国忧民之心膨胀。不可否认，在王朝时代，很多官员多少还是有点职业素养和做人的良心的，比如说，黄河改道造成千万家户颠沛流离失所，这样的重灾大事是一定要第一时间向朝廷申报赈灾，以便于朝廷及时安置灾民，以免情况失控，引发暴乱。领取到了上面拨下来的救济款，即使遭到层层盘剥扣留，至少老百姓还能分到一点，能够糊口，能够御寒，能够勉强活下去。

可是皇帝不管不问，朝廷全无作为，御史们就不干了，总不能白长了一张嘴。他们虽然还不敢公然大骂昏君无道，至少会阐明心迹，甚至不惜以死明志。皇帝也是要打卡上班的，主持早朝，听取各种工作报告，集思广益商讨解决之道，然后由他宣布最终方案。如果朝廷意见分为针锋相对的两派，就要举行廷争，搞一场盛况空前的辩论会。这种廷争，听起来很公平，其实就是让各方展示自己的实力，亮出自己的底牌，到最后胜负结果其实已经和引发大辩论的原因毫无关系,而且基本上要看皇帝颜色,皇帝说什么就是什么。很多皇帝都喜欢看自己的大臣为某一个问题争论得面红脖子粗,这样他就知道朝臣有没有结党营私,势力有多大,是不是要出手制衡一下。

如果皇帝不上早朝,皇帝翘班了,就缺少了主持人和裁判,事情就只能无限期地搁置。事情一旦搁置,官员们就觉得自己尸位素餐了,对立和不满情绪越发严重起来。

官员们要抗议,却不能越级,他们得分别找自己的顶头上司反映情况,礼部的有礼部尚书,吏部的有吏部尚书,此外,还有刑部、兵部等。问题和意见汇总给部门尚书,再由尚书汇总到宰相那里。尚书们对宰相一通诉苦,跟竹筒倒黄豆差不多,大概意思就是一个:皇帝不玩了,我们还怎么玩啊。

宰相也是愁眉苦脸,新皇登基之后,其他一切都还正算常，就是隔三岔五地喜欢玩失踪。谁也不知道他干什么去了，有的人以为去逛窑子了，有的人以为修仙去了。做皇帝要嫖妓，或者去修仙，也挺不可思议的。做皇帝的人还缺女人吗，他不是有三宫六院七十二嫔妃吗？做皇帝的什么都有，得道成仙之后离群索居真的有这么爽吗？他这个首辅大人，也当得窝囊，哪怕是碰上汉武帝、明成祖，他也可以冒险去用相权制约帝权，即使头破血流，即使无济于事，即使置身险境，都算是给手下的言官们做做榜样，他也可以搏个青史留名。

这些"居庙堂之高则忧其君"的官员们说着说着，突然想到了一个核心问题。皇帝该不是出什么事了吧？比如说染了花柳病，得了伤寒天花，已经奄奄一息，或者是被人软禁了，失去了人身自由，甚至有可能被饿死在了内宫，老鼠已经在皇帝的体内做窝。想到这里，皇帝遭遇不测的可能性就更大了。

如果皇帝真的是被动不再抛头露面,那么最值得怀疑的对象只有"假传圣旨"的王德。很有可能,王德这是在效仿曹孟德,挟天子以令朝臣。

这还了得!诸位大臣群情汹汹,你鼓励我,我仰仗你,有拱手作揖的,有指天画地的,有攘臂束襟的,互相鼓动着就往内宫涌过去,在入口处被侍卫拦住了。没有谕旨,谁也不能擅闯禁地。两方相持不下,大臣们要是退却了,就只能望洋兴叹;侍卫们要是服软了,就是严重失职。大臣们从动口开始动起手来,侍卫们被推搡着,像被人揉面团一样,为了不被推着离开岗位,必须挺起胸膛在暗中力抗,手也都按在了剑柄上,眼看就要激起哗变,少不得要血溅五步。宰相还是有办法的人,他让大家少安勿躁。由他作为代表,与侍卫据理力争。可惜秀才遇到兵——有理说不清,理论不成,只能去找王德。王德开始的时候也吓坏了,他怕自己成为出气筒和受气包,一不小心就被愤怒的众大臣撕碎了。但是他也不敢得罪宰相,只能过来相见。

王德到底还是留了一个心眼,他身子留在宫门里头,陪着一万个小心,才把话给递出来:"众位大人,王德给大家请安啦。"宰相看见王德这样的举动,不啻火上浇油。他压低了声音说:"王德,你给我出来。"

王德反而后退了一步,说:"首辅大人有什么话尽管吩咐,我这儿听得倍儿清。"

其潜台词是:反正我今儿个不出这个宫门,你们这么多人气势汹汹地前来,肯定是兴师问罪的。你们不敢对皇帝怎么着,只会拿我来出气。我出去还不是羊入虎口吗。

宰相怒火中烧,冷哼了一下,说:"怎么着,王德,你是以为我不敢踏入内宫了?"

王德赔着笑，说："首辅大人，是小人不敢走出这道宫门。看诸位大人都面带怒色，小人不敢迎其锋。到时候血溅宫廷，小人贱命一条无足挂齿，引起万岁爷震怒，只怕会牵连诸位大臣们。"

宰相更生气了，好你个王德，还敢拿皇帝做挡箭牌，胆子也忒大了些。王德不提皇帝还好，提到皇帝就好比滚油里加了一滴水，大臣们本来已经安静下来，现在又开始激动鼓噪起来，纷纷叫嚷："圣上在哪里？""我们要面见圣上！"见又有点压制不住，宰相只好开门见山，质问王德："我只问你，皇上人现在在哪里？"

王德心下也明白，这些大臣们是不见皇帝心不死，见了皇帝死也就不怕了。光凭着自己遮掩拖延是决计拦不住的了，只怕还会滋生出其他更多更大的乱子，到时候就越发不好收场了。于是王德对宰相软言相求："万岁爷现在好着呢，只是不愿意被人打搅。首辅大人如果一定要见万岁爷，小人可以带您去，但是只能您一人前往。"

宰相仔细权衡了一下，料定王德也整不出什么幺蛾子来，就跟众大臣反复叮嘱交代："诸位大人少安勿躁，我这就去面见皇上。"

宰相随着王德进入了内宫，最后在一个建筑沙盘前停了下来。那是一座精致的宫殿，很像现实中的皇宫，只是被缩小了几十倍，虽然尺寸小，却显得很是醒目突兀。

王德畏畏缩缩地走到沙盘前，弯下身子，用一块红木轻轻敲击了模型宫殿的朱红色台阶一下。很快，一张帛纸被一根丝线带动着传递了出来，上面写着"什么事？"宰相在一旁瞧得仔细，确实是皇帝的手笔无疑。这么说来，皇帝居然在那小小的模型宫殿之中，皇帝此举用意何在，难道真是用匪夷所思的方式在求仙问道？宰相满腹疑窦，站在一旁静观王德的行为。如果这一切都是王德混淆视听的把戏，那么这座模型宫殿里面也一定有解开所有秘密的真相。皇帝怎么了和皇帝在哪里的疑问，在宰相面前突然就置换为模型宫殿里面藏了什么秘密的追问。宰相紧张而又好奇地观察着王德的一举一动，隐约觉得一切都将水落石出。他暗自松了一口气。

王德在其后写上"首辅大人求见"，将帛纸卷起来系回丝线上，又轻轻敲击了一下红木。"嘟"的一声轻响，竟然产生了奇怪的涟漪，宰相觉得回音绕梁，经久不绝。帛纸被吞进去，旋即又递送了出来，上面写着"请回"。王德默默地将皇帝手书递给宰相。宰相满头雾水，皇帝的手迹散发着清晰真实的味道，甚至墨迹未干。如果里面真是皇帝，他实在想不通皇帝干吗会进入这样狭小的宫殿，看着又不像是障眼术。难道皇帝真的有难言之隐，需要这般独处面壁？皇帝若真在里面，为什么却一言不发，只是以简单两三字简略笔谈，似乎另有重要之事需要皇帝全力以赴，因而这般随意地敷衍了事。

短短时间里，宰相心里何止千思百虑。王德见宰相呆若木鸡，独自出神，便去提醒他请回。宰相如梦方醒，不管怎么说，这座模型宫殿既然能吐出皇帝的命令，它即是皇帝的化身，宰相猛然跪倒在地，不停地以额触地，砰砰有声，高声说道："国不可一日无君，还请圣上明察。"里面半晌没有回音传出，安静得像是一座坟墓。王德轻轻拉起宰相，送出宫外。此时宰相虽然大致确定皇帝没有出意外，稍微安心了一点，但亲眼目睹皇帝和王德之行事诡异，让他更是满腹狐疑。

宰相出到宫外，那帮翘首以待的官员立刻将他团团围住，问他见皇帝的一应细节，诸如"圣上还好吗？""圣上胖了还是瘦了？""圣上精神健忘否？"宰相当然不能明明白白告诉他们，自己并没有见到皇帝，只是见到了皇帝的字。皇帝突然隐身在一座模型宫殿里，甚至有可能直接幻化成了一座模型宫殿，说出来谁会相信，但又确实是自己亲眼所见。宰相只能安慰自己的同僚，"圣上一切安好"。"诸位大臣为圣上分忧，圣上了然于胸，颇为感动。"说得在场的官员眼睛都湿润了，呼啦啦全跪下了，山呼万岁。就这样，宰相好不容易才劝散了众文武官员。

第二天，宰相独自一人又前来请求面圣。他强逼着王德带他前去面圣，虽然明知道很难见到皇帝，但不知为什么，他觉得跪在那里揭首，好像也是在为国尽忠，成了他首辅工作的一部分。王德也没法阻拦，他觉得皇帝的有些事对宰相是再怎么也瞒不过去了。宰相既然已经在小宫殿那边和皇帝取得了联系，想来皇帝也是意识到自己的消失不见对朝局产生的影响，打算要对宰相交底了。

连接着好几天，宰相都长跪在沙盘前。宰相年事已高，老胳膊老腿的，膝盖更是受不了，已然酸痛、瘀肿、磨损、出血，宰相仍然咬牙坚持。尽管王德很体贴周到地给宰相拿来了软垫，宰相依然吃不消，竟然跪着跪着直接晕倒了。

等宰相醒来时，发现自己躺在一张卧榻上，久不露面的皇帝在一旁守着自己。月余不见，皇帝看上去神情憔悴，显得很是疲惫，却是真真切切，如假包换。

宰相很是惶恐，立马翻身起来，跪倒在地，说："还请圣上宽宥老臣的斗胆，老臣一则挂念圣上龙体安康，一则担忧朝廷局势。国不可一日无君，民不可一日无主。"

戴允常打断了宰相的话，说："爱卿忧国忧民，何罪之有。现在既然你醒了，不妨跟随我到外面去走走，我正想要透透气。"

宰相亦步亦趋跟着皇帝出了宫门。只见戴允常足不点地一般，很快出了紫禁城，置身于闹市街头。宰相吃力地跟在后面，走得口干舌燥，心下益发疑窦丛生，但又不敢轻言询问或加以拦阻。

大街上酒肆茶楼，当铺客舍，一应俱全，飘着旗帜，挂着匾额，只是没有一个人影。酒楼里没有一个人，街上没有一个人，竟然是一座空城。

戴允常在前面七转八转，登上了城楼。城楼上也是一个把守的兵丁都看不见。放眼望去，沃野千里，正是京畿郊外的情形。戴允常指着远处，告诉宰相："爱卿胸中有丘壑，当知道千百里外的一座座城池，它们像据点一样，拓展着帝国的疆域，拱卫着京都的安全。封疆大吏和地方官员们勤勤恳恳地牧民，让他们生活得自由富足，不缺吃，不少穿,老有所养,幼有所教,凛然有序,安居乐业。商旅往来不绝,农夫脸朝黄土背朝天,士人悬梁刺股苦读,士勇执戈操练,帝国的繁荣花团锦簇,汹涌而来。"

宰相突然产生了一种错觉,自己此刻宛若置身于一座幻城中,皇帝所描述的疆域虽然存在,就在眼面前实实在在,一览无余,但也是空无的。有那么一会儿,他觉得自己像是一叶醉舟,漂荡在广阔无边的大海中。身边什么都有,但又什么都没有。这种感觉太迷离了,就像一不小心做了一个毫无来由的梦,即使在梦里也依旧觉得像梦一样。

戴允常看着宰相,继续说道:"我知道,这一切也许都太过离奇了。我确实从我所迷恋的木匠活中发现了一个空间的秘密。那就是在任何一个有限的空间中,都存在着一种无限。在一滴水或者一颗芥子中,有一个完整的世界。再造一个世界充满了挑战，其工程量是巨大的，需要不断地进行想象与复制。消耗的精力越多我就越亢奋，越欲罢不能。我想要复制一个帝国，它完全有可能比我们现有的帝国更加宽广，甚至远远超出我现有的所有经验。我现在需要有人搭把手，参与到这个伟大的计划中。我不惜将此秘密告诉你，希望你能全权代替我管理外面的帝国，让我能够全力以赴再造一个世界中的世界。"

宰相晕乎乎的，他怎么也想不明白：既然已经存在一个世界了，为什么还要再造一个世界？这两个世界究竟有什么区别？

"区别很大。在那个世界里，你只是宰相，我只是皇帝。但在这个世界里，你可以做任何你想做的事情，你可以重新安排你的生活，没有任何人会干扰你。这个世界是无穷无尽的，所以每个人都可以享有一切，而不会为了有限的资源和空间发生竞争、压迫和争斗。也许，我不想做这劳什子皇帝，你也不愿意做什么狗屁大臣。"

惊愕之余，宰相完全丧失了抵抗，喃喃道："你是皇帝，你完全可以命令我啊。"

戴允常轻声说道："从现在起不是了。你现在是这个新空间的第二个自由个体。和我一样，我们之间是平等的。所有进入这个空间的人都是平等的。"

可怜的宰相答应了皇帝，虽然以他的年龄，这样的空间对他并没有太大的吸引力，死在哪里不是死呢，难道那个世界的死亡离地狱更远离仙界更近吗？但他还是觉得帮助皇帝实现这种冒险是值得的。他可能在想，任何一个皇帝但凡穷兵黩武去开疆辟土，都要更为大胆和危险。假如皇帝能够为他的臣民找到一个无限扩展的乐土，却不存在流血牺牲，那无疑是最好的选择和途径。

宰相还有一个疑问，作为皇帝最信任的人，王德肯定也是知情者，皇帝却说自己是第二个自由个体，难道王德没有被这个新空间接纳吗？

戴允常向宰相解释："我曾经默许王德可以捞钱，积累他渴望据为己有的钱财。他得到了这些，却不愿意放弃这些，因此他主动弃权，不想成为这个空荡荡的世界的一员。我曾经带领他进入这个一无所有的世界，他在惊讶之余，有自己的切身体会。他打了一个奇怪的比方，认为这个世界让他想到了自己的被净身。我告诉他，这只是这个世界的原始状态，一旦有了人烟之后，这个世界就会在自己的车轮上前进。但我无法打消他的疑虑，因为他太消极了，以为不管怎么努力，他都是不完整的，他的人生和世界也是不完整的。他对钱财有奇怪的占有欲。我许诺他可以变得非常富有，但不能超过一个皇帝所能给他的赏赐。皇帝占有了太多的资源，权力过于集中，前者让皇帝不贪而贪，后者让皇帝贪而不贪。如果我不贪恋这个世界的荣华富贵，放弃了这些，那么我是不是可以让渡其中的一些给一个可怜的太监，比如像王德这样的人？"

八

百官们发现,自从宰相面见皇帝之后,和王德就像一根绳上串的蚂蚱一样。他们一个主内,一个主外,一个负责传达皇帝的旨意,一个负责执行皇帝的旨意。他们一唱一和,里应外合,难免让人生出新的怀疑:宰相和宦官相互勾结,把持了朝政。

尤其是,皇帝经年累月不理朝政,避不露面,而能够有权面圣的人却只有宰相与王德。此前对王德个人擅权的担心,现在变成了对王德和宰相合谋的怀疑,而且显得更有说服力了。王德个人擅权,不过是愚弄皇帝,王德与宰相合谋,就不仅是愚弄皇帝,也欺瞒群臣,是可忍孰不可忍。

有些心细的官员买通了内宫的耳目,妄想打听风声,却探查不到皇帝的一点音讯。所有的证据表明，皇帝要么已经不在宫内，要么就被囚禁在宫内一个秘密的场所，比如一口枯井内，甚至有可能已经暴毙，死讯却被王德和宰相压制住，秘不发丧。

有些胆大的官员甚至选择翻越宫墙，像猎狗一样在深宫内到处嗅闻，想要找出皇帝的下落，哪怕是遗体，可以抱住痛哭一场，或者是遗物，也好立衣冠冢。此举无疑是源于对皇帝的忠心，宰相和王德不敢明令制止，对这些大臣的行为也睁一只眼闭一只眼，似乎默许了他们的努力，深怕激化他们的反抗，搞一出"与汝皆亡"的把戏。这些大臣在宫内行色匆匆，看上去更像是别有用心，虽然暂时没有传出这些人与宫女们苟合的传闻，但大内"闲人免进"的禁条却不能这样继续被无视下去。

宰相和王德还担心，万一皇帝的秘密被太多人发觉，会发生什么样的灾难性后果。有多少人会在没有排队实地参观模型宫殿的前提下认同皇帝的想法?他们会不会觉得皇帝是一个不学无术、游手好闲的混混,或者是一个捣鼓神秘术的魔法学院的忠实信徒?他们会不会推翻皇帝,将他裸体游街示众、命丧在鬼头刀下?

一切都是可能的,民愤无可阻挡,不管是在帝国初建期间的连绵阴雨中,还是大动荡时期的人喊马嘶声中。

为了加强戒备,宰相与王德更换了明显渎职不作为的禁卫军首领,这个首领对所有潜入内廷打探真相的官员们都网开一面,事实上他自己也跃跃欲试,希望能利用职务之便抢先发现并公布与皇帝有关的一切新闻。宰相和王德权衡再三,特意请示了皇帝,撤了禁卫军首领的职务,让宰相的本家侄子接任。宰相的侄子原来是一员骁勇善战的大将军,对皇帝更是忠心耿耿。这次调动坐实了宰相与王德相互勾结的罪名。群臣想当然地认为,原来不是王德，而是宰相的不臣之心昭然若揭。官员们最不能容忍的是，宰相为了权力和欲望，竟然与一个宦官勾结，就好比是和魔鬼缔约，实在愧为人臣，是下作的、无耻的。宰相将自己的晚辈大将军调到京城，担任禁卫军首领，名义上是加强皇宫的安保工作，实际上却是加强对皇宫的监控，甚至是对群臣赤裸裸的警告和威胁。

在这样的形势下，十六王叔登台亮相了。他贵为王叔，手握兵权，负有监国之责，自然应当出面扭转京城失察的风气，对皇帝的失政失得也有提醒指责的义务。击破宰相与王德的联合，揭穿二人的阴谋，十六王叔是最合适的人选，即使他提出的"清君侧，诛王德"的口号，明显掩盖了"皇帝轮流做，明年到我家"的野心。

十六王叔发出了"檄文"：非法把持朝政的王德，原来就是一个巧言令色的小人。皇帝幼年入宫，他就串通一帮太监，曲意迎合讨好皇帝，取得了皇帝的信任。但是王德不思感恩，反倒猪油蒙了心，为了一己私欲，唆使皇帝沉迷于不可告人之物，以致荒废了朝政。更有甚者，皇帝在王德的循循善诱下，竟然一连数月不和大臣们相见，群臣想要向皇帝问安竟然比登天还难。我是皇帝的王叔，和皇帝的父亲是亲兄弟，太后钦命的监国大臣，现在听说朝廷如此乱象，五内如焚，既担心皇帝的安危，也忧虑帝国的盛衰。现在，边疆地区已经局势稳定，四夷皆伏，我终于有机会进京觐见皇帝，向他呈报边疆的一系列辉煌战果，为浴血奋战的前线将士请功授赏。同时履行我监国的职责，奉劝皇帝一定要亲贤臣远小人，躬亲表牍，勤于政工，忧心民生疾苦，恢复早朝和廷议等制度。

这就是通告天下，他要证明皇帝是生还是死，是耽于淫乐还是遭人挟持。如果皇帝还在，那么他就要劝请皇帝勤政爱民,不要荒芜了朝政。如果皇帝惨遭不幸,那么就对不起了,国不可一日无君,他就要从监国到摄政,从摄政到帝王了。

十六王叔说是申请觐见皇帝,却带上了他的精锐之师。十六王叔那边大军未动,京城这边已经炸开了锅。戍边的军队本来就是帝国战力最强的铁血之师,何况是其中的精锐之师,即使各地有零星的勤王之师,在其铁蹄前也是一触即溃,根本无法阻挡十六王叔直指帝京的步伐。更多的人选择的是观望的态度,他们不在乎十六王叔是不是真的想造反做皇帝,他们只希望十六王叔的举动能逼得皇帝现身。

皇帝啊皇帝,你在哪里啊,你在哪里。

都火烧屁股了,皇帝只要还活着,总要现身了吧。皇帝只要还是自由的,必须马上发表"罪己诏",以挽回民心,降低十六王叔挥师入京的合法性。如果皇帝还掌控着局面，他应该派出特使，与十六王叔讲和，明确暗示十六王叔，自家人有事好商量，不要整出这么大的动静；如果皇帝是被王德和宰相监禁了，他们这个时候也应该抬出皇帝，镇抚天下，才有足够的资本和十六王叔唱对台戏。

可惜都没有。

王德和宰相对十六王叔起兵之事视而不见，充耳不闻，他们依旧像往常那样，做动动嘴皮子的事情，王德负责向宰相传达皇帝的旨意，宰相负责转将旨意转告给大臣，让他们把皇帝的各项指示具体落实下去。

不仅百官糊涂了，连十六王叔也很不解。叔叔来给侄子解围，或者说向侄子逼宫，总得要激起一些反应，行动受到刺激，才能够继续进行下去。十六王叔的感觉是，自己的一记重拳，好像打在了一个相扑运动员身上，对方浑然无觉。甚至更不如，就好像将一块千斤巨石扔下深渊，一点涟漪都没有出现，一点声响和动静都没有，就好像一颗质量超级巨大的天体被黑洞悄无声息地吞噬。

十六王叔迷茫了。每个人的一生，都会有迷茫的时刻，不管是在青春期，还是在巨大的成功将要落到自己肩上迎来人生巅峰的时刻。

更让十六王叔崩溃的是，当他包围了帝京，才发现这里已经是一座空城。生活的痕迹还在，但制造这些痕迹的人却全都凭空蒸发了。好像一次有条不紊的大逃亡，人们甚至有时间好好整理自己的财物，除了实在没法带走的大宗物件，其他所有东西都被席卷一空。

据说在大洪水之前，诺亚因为提前得到了上帝的指令，才有足够的时间制造方舟，并且将蒙恩的万物带上方舟避难。

十六王叔进入了皇宫，皇宫也是空空的，大

臣、侍卫、宫女、太监们都不见了，只有一个死了的王德。王德的起居室里堆满了金银财宝，就在这些财宝上面，王德的尸体悬吊在大梁下，他悬梁自尽了。吊死鬼的死相都很难看，十六王叔看到王德伸出来的舌头和快要掉出来的眼珠子。王德保持了一个贪财者的形象，至死都对财物垂涎欲滴，眼睛里看到的也只有这些。死了的王德在迎接十六王叔，还给十六王叔留下一句话："虽然我死了，但我看着你进入京城，也会目送你离开这里。"十六王叔恼羞成怒，他自以为炮制了"清君侧，诛王德"的口号，可以天衣无缝地实现自己的欲望。王德的死让他意识到自己的如意算盘都落空了。他挥军南下的行为，怎么看都像是一个笑话。他得到的竟然是一座空城，没有厮杀，没有谈判，这种一头沉的胜利让他异常失落，一点也享受不到此前曾无数次臆想过的狂喜。为了泄愤，他把王德尸体的眼睛和舌头都剜掉了,还不解恨,他又将王德和他所敛的财物都付之一炬。心想:把你的钱财都烧毁了,看你还能怎么享有它们。

十六王叔占领了帝京,也如愿登上了帝位,但是他给自己制造了一系列问号:他的侄子去哪里了?满城之人去哪里了?为什么偌大的京城只有王德一个死者?王德为什么会留下来?王德为什么会死?

他只能昭告天下,指责王德与宰相弄权,不仅谋害了皇帝,还做出了屠城的疯狂举动。他们杀死了城里的所有人,让人们为二人的欲望殉葬。他们似乎相信某种奇怪的从西方传入的宗教,以为通过这样的举动,死后就还能控制他们,奴役他们。

这样的解释,十六王叔自己都不相信,但别无他法,呈现在他面前的这座空城太诡异了,太让人不安了,他只能这样说。

做了皇帝的十六王叔经常做噩梦，梦见宫内某面墙上突然开了一道门，自己的侄子曾经的皇帝，带着一队披甲武士像泉水一样涌出，干脆利落地将自己斩首之后，他们又循着那道门隐退了。整个刺杀过程异常迅疾，毫无声响。十六王叔在梦中无数次亲眼目睹了自己的死亡，并且看到自己的后人为自己操办后事，只是口不能言，无法告诉他们真相。每次醒来后，他都大汗淋漓。很显然，他无法在京城里安睡。梦境迟早会杀了他。

就像武则天相信猫和老鼠的梦境，十六王叔也坚信这样的事情必然会发生。他的恐惧日甚一日，为了堵住消失的人有可能再次出现的密道，他开始让人拆掉宫里一些可疑的墙，梦境依旧如期降临，甚至更为清晰。他在巨大的惊恐中，为了摆脱梦境，下令彻底铲平了皇宫，最后迁都了事。离开的时候，他想起了王德的预言，因而感受到了无所不在的王德讥讽的目光,他在王德的目光中仓皇撤退。他从前帝手中抢到了一座空城,他为后人留下了同样的一座空城。空城矗立在那里,自诞生到消失,从来不属于人间的任何君王,只有时间才能把它真正据为己有,把它悄无声息地带走,在它变成彻底的一堆废墟之前。

九

戴允常无法停止自己疯狂的工作。他不知道自己的这一发现最后将给自己,给两个世界带来什么样的后果。也许每一种后果都是唯一的,也是不可逆转的。

当十六王叔起兵发难的时候,宰相和王德忧心忡忡,寝食难安。戴允常觉得这反而是好事,他现在可以将君权痛痛快快地交出来,如果是十六王叔来取代自己,可能于国于家都是相宜的。天下大统本来是戴家的,不管是叔叔做皇帝,还是侄子做皇帝,总还是戴家人在做皇帝。虽然这件事本身也很值得商榷。

戴允常想起自己年幼的时候,于来京城的一路上,看到那些荷锄的农夫,往来的商贾,闲聊的茶客，嬉游的子弟，觉得吃酒喝茶、打牌听戏、日常劳作，这样的生活也是很好的，值得羡慕和尊重，不应该被搅扰。但这样的生活又太容易被打破了。

生活一旦失去了平静，人们就会忧思终日，长吁短叹。老不得所养，幼不得所教，年轻人也失去了努力的方向。好像一口随便哪里吹来的恶气，就会让人经受不起，人这根芦苇就断折了，人生的水面皱纹陡生，生命的烛焰摇曳一下便熄灭了。

这样的生活是多么脆弱。

当时他还跟外公说："如果天下人都能这样没有压力地生活着，那不是很好嘛。"

外公告诉他："每个人内心都希望过上这样的生活。当一个地方的人听说另外一个地方的生活很好，他们就会像水流向低处一样涌过去，造成那个地方的繁华。可是这种繁华生活的压力，注定要落在其中的一些人肩上。人口增加了，物产却没有相应增加,这是贫穷之源。分配的不均,造成了不公平的现象。快乐被少数人垄断和独占,很多人的脸上被忧愁笼罩。这是乱世之源。"

他当时就琢磨,如果所有人都生活在一个无限的世界里,是不是就不会受制于有限了,就不会觉得他人即仇敌,而是时时处处与人为善了。

十六王叔的军队离京城越来越近,京城里渐渐分裂为两个阵营:一个是主降派,他们觉得如果抵抗,就是以卵击石,不如干脆投降算了;另一个是主战派,他们觉得十六王叔大逆不道,不得人心,应该誓死抵抗。不过主降派都是暗地里的,明里大家都不敢公然投向十六王叔阵营,表面上还是心安理得地以主战派自居。只有当他们必须做出抉择的时候,他们才会亮出自己的底牌。在此之前,为了让十六王叔相信他们是自己人,免不得要偷偷摸摸地做些身在曹营心在汉的事情。主降派因此被称为暗流,主战派则自诩为清流。

宰相每天被主战派包围着,开始担忧起这些盲目狭隘脑袋发热的人。他将自己的隐忧汇报给了皇帝:"十六王叔的军队每天都在逼近京城。现在京城上下弥漫着死战的情绪。大家群情激昂,要誓死保卫皇上。城在人在,城亡人亡。我担心如此一来,恶战不可避免,势必流血漂橹,白骨无数。帝国的元气可能会就此大伤。"

戴允常觉得因为这件事(十六王叔与自己争帝位)造成士兵和百姓死伤无数,实在没有必要。他本来打算趁这个机会索性交出君权,平稳过渡,让十六王叔去做皇帝,自己便可以心无旁骛地继续自己的研究。但是,事情的发展显然超出了预计。

戴允常不希望看到任何的流血牺牲。这就是皇帝对宰相和王德提出的底线,不管十六王叔叛乱的事情最后怎么解决,必须要满足这个条件,不能把人命当儿戏。

宰相在家中苦思良策,管家通报有三个人在相府门口求见,宰相正苦恼着,以为又是来给他洗脑或点眼药水的暗流或清流,想避而不见。管家说:"他们声称自己既不是清流,也不是暗流,而是大地上的游弋者。他们刚从边疆过来,对十六王叔此次叛乱有所了解,希望他们掌握的这些信息对首辅大人是有用的。"

等到管家将三个客人带进客厅,宰相不觉哑然失笑,原来这三个人有聋有哑有瞎,不免在心内自嘲自己真是病急乱投医了,这样一行三人能获知叛军什么有价值的情报呢?不过,既然请进来了,好歹让他们说一说见闻,姑妄言之,姑妄听之了。

三个怪人正是"罔见""道听"和"途说"。好像能感应到宰相的心思,"途说"开口说道:"首辅大人德高望重,想必深谙装聋作哑之道。不论是朝堂还是家庭，试问不痴不聋，谁做家公？十六王叔的意图昭然若揭，不证自明。京城暗流汹涌，首辅大人肯定也是心知肚明，这种情况下凭什么与叛军一战？单单献出一个王德，怎么能够让十六王叔满意兵退？在这种鱼龙混杂的情况下，很容易演变成降者自降，战者自战，到时候乱局如何收场？两虎相争，必有一伤，鱼死网破，妄论胜负。这些想必首辅大人肯定都已顾虑到。"

宰相没想到此人竟然能有这番见识，对他们的态度自然大为改观，虚心求教。"现在的情形，确实是战又战不得，谈又谈不拢，兵临城下，避又避不成。不瞒三位，我现在好比火烧眉毛，寝食难安。计将安出，真是愁杀人。"

还是"途说"，出言点拨宰相："自古臣下为君分忧是美德，可是又有一种说法，叫皇帝不急太监急，不知道我们的万岁爷，为了纾此大难，此刻在想什么,做什么?"

宰相欲言又止,皇帝的秘密他必须守口如瓶。他可不能告诉他们真相,此刻皇帝在一个奇怪的空间里做着木匠活。文武百官还都被蒙在鼓里,几个江湖人士怎么能够提前知道这惊天的机密呢。宰相沉吟良久,主客略显尴尬。

"据说在上古时期,有一族人精通砌空之术,他们是世界的维护者和创造者。补天的女娲就是他们之中最为有名的首领。他们拓宽了世界,让人类得以拥有更广大的生活空间,使得人口密度降低,人口能够四下流散拓展。"

宰相大吃一惊,骇然地看着眼前的三个怪人,心想这些人到底是从哪里冒出来的,究竟是何方神圣,好像提前洞悉了皇帝的秘密,那可是举天下只有三个人才知道的啊。难道他们也踏足过皇帝所创造的新空间?"你们到底是从哪里来?怎么也知道古代砌空之族?"宰相忍不住问他们。

"我们三个人,两个看不见,两个听不见,两个说不出,相互依恃,才能一路行来。所见也广,所闻也博,所言也实,置身事外,情寓其中而已。现在的情形,固然如首辅大人刚才感慨的,托战不能放手一搏,托和无法坐下来谈,不过,避而不战吗,却是完全可以做到的。"

宰相有点明白过来,追问道:"还要请问,如何避而不战?对方来势汹汹,势必一口吞之,我们不能迎其锋芒,退至何处才能安居偏隅?"

"途说"道:"皇上宁愿退其位,首辅大人难道就不能退一步想吗?退一步海阔天空,有道是海阔凭鱼跃,天高任鸟飞。有个现成的去处,可避战,可安居,首辅大人真的就没有想过吗?"

宰相默然,他当然想过这样做,万不得已之时,他会力劝皇帝进入秘境,自己和王德大不了一死,以保守这个秘密。

"途说"继续说道:"首辅大人,战事一起,必以人的生命为祭。对一方来说是京城攻坚战,对另一方而言是京畿保卫战,双方摩拳擦掌,岂敢轻言胜败,可怜到时一座繁华的都城,尽毁于战火,十室八九空,父子难同全。是战是避,还请首辅大人三思。"

宰相黯然,他可以坦诚自己的真实想法,可是他左右不了皇帝。皇帝虽然向他展示了秘境蓝图,并邀请他成为第二个人,但是他并不清楚皇帝愿不愿意开放这个新世界,让它成为战时的避难所。深思熟虑一番,他只能告诉眼前的三人:"确实有一个去处,但怎么使用,我却全无头绪,最大的难题,也不知道如何向皇帝进言。"

"途说"叹道:"砌空砌空,得为一人二人三人乎?一人者,生有立足之地,死有一抔之土,不亦足乎！池水清浅，游鱼可见；洋海深邃，大鱼难寻。首辅大人，可代我三人向皇帝进言，桃源已得，万民复入，避战其中，安居乐业。"

"罔见""道听""途说"三人旋即向宰相作别，施施然而去。

宰相听三人这么说，以为他们和皇帝必然另有渊源，他也不做深究，送走了三人，立刻去找王德商议。

"现在的形势下，如果皇上同意将追随陛下的臣民带入空间，与十六王叔避而不见，就可以避免目前鱼死网破的惨剧。否则他们肯定会遭受池鱼之灾。"

这不失为一个两全其美的好办法。但前提是，如何区分出这样的人群，进而给他们提供保护呢？王德提出了一条建议，他认为皇帝发明的这个空间既然可以不断地扩展下去，而且现在就已经超出了京城实际的规模,那么何不干脆将满城百姓都带到空间里,即使监狱里的囚犯也全部带上,先避开这场眼前的灾难再说。

王德进一步解释说:"让所有人都进到空间里面,实际上每个人都还可以照常生活下去。只要我们不告诉他们实情,他们会完全相信十六王叔已经退兵,而他们的生活没有发生一点改变。他们会以为自己还生活在原先的世界,还居住在原来的家中。"

宰相提出了自己的疑虑:"人们怎么能相信十六王叔会兵退得无声无息呢?"

王德分析说:"我不会跟你们一起进到空间里。十六王叔不是说要'诛王德'吗。既然不再有王德这个人了,十六王叔的目的已经达到,再不退兵他就是公然谋反了。王德已诛,王叔兵退,皇帝复出,人们肯定不会怀疑的。"

宰相另有一层担心,说:"把你一个人留给十六王叔,你不是死路一条吗?"

王德默然良久,说:"人为财死。我贪污了这么多钱财,我也舍不得扔下它们。"

宰相突然同情起眼前的王德,甚至有点违心地提出建议:"如果你舍不下你的钱财,你大可以将它们都移到那个空间去。"

王德却不同意,似乎早就看穿人世的虚无,说:"首辅大人,诚如万岁爷所言,在那个空间每个人可以重新做人,过上焕然一新的生活。既然这样,还要那么多钱财,有什么意义呢?在这个世界是贪污犯,在那个世界还要守着钱财过日子,我那又是何苦来着?"

宰相还待苦劝,王德突然很郑重地说道:"首辅大人请放心,我会严守万岁爷的秘密,不会泄露分毫的。我再不肖,也不敢拿一城几十万人的生命做游戏。"

听王德这样说，宰相知道王德已经决意赴死了。十六王叔进入的只是一座空城，迎接他和大军的也只有一具尸体，他要在空城里宣布他获得的一切，也无法从死人嘴里获得一星半点的秘密。一座空城，一个巨大的秘密。这甚至会压垮十六王叔的后半辈子，让他觉得自己生活在谎言中。

计议已定，宰相便将自己和王德的打算全盘告诉了皇帝，希望得到皇帝的首肯，允许大家进入皇帝的空间避难。宰相还告诉皇帝，来这里之前，他曾接待了三个奇怪的人。这三个人告诉他避战的途径，并托他向皇帝进言：桃源已得，万民复入，避战其中，安居乐业。戴允常大吃一惊，抓着宰相的手问他们现在什么地方，即使十六王叔叛乱的警训八百里加急送达京城，宰相也不曾见皇帝这么激动。听到宰相说他们已经离开，戴允常大失所望,他告诉宰相,自己曾让王德秘密查访这三个人的行踪,希望能找到他们。因为自己在幼时见过他们一面,留下了深刻的印象,甚至在后来多次梦到过他们。"神龙见首不见尾。他们愿意出现时,就会出现。想要寻找他们,却比登天还难。"戴允常觉得冥冥中一切自有安排。诚如三人所言,自己即使创设了浩渺的空间,若没有人烟,毕竟还是海市蜃楼。

宰相和王德的计划是,把全城人包括监狱里的犯人和他们的生活,都原封不动地搬运到新空间里。"只要不告诉他们实情,谁也不会发现自己的生活已经有了改变。"

戴允常也想不出更好的办法,他只是感到很遗憾,说:"我创造了这样的空间,本来是希望生活在里面的人可以更为自由自在地过他们想过的生活。如果不能告诉他们实情,那他们生活在这里和那里，又有什么实质性的区别呢？"

宰相安慰皇帝，说："现在只是权宜之计。以后有的是时间，可以慢慢找机会告诉他们实情。希望留在空间里的人，大可以留在那里生活，想要回来的人，以后也完全可以选择回来。"

宰相让自己的侄子大将军着手安排迁移的事情。他们以一个社区为单位，以审查为名，把全社区的人都组织起来。卫兵给他们戴上了眼罩，带领他们穿过宰相和王德预先布置好的曲径通道，等到他们摘下眼罩的时候，发现自己又回到了家中。一切原封未动，这是因为卫兵们早就从同一条渠道将他们的"家"转移了过来。

所有人都被蒙在鼓里，即使执行任务的官员和卫兵也一头雾水。他们对朝廷这次莫名的突击检查深感怀疑，却不知道问题出在哪里。

对此，宰相的解释是，朝廷此举是为了排查出十六王叔的奸细贼人，以便更好地拱卫京城。大家普遍认可的解释是，王德这个家伙大难临头，所以借检查为名，最后一次大肆搜刮财物。这是王德最后的疯狂。

让文武百官更为惊讶的是，许久不露面的皇帝也出现了。皇帝不仅上朝议事，而且还做出了重大决断，将王德腰斩于市。另外一个连锁反应的喜讯是，十六王叔听说皇帝挥泪斩了王德，也就退兵返回，继续镇守他的边疆去了。

原先知道真相的只有三个人，皇帝、宰相和王德。王德选择留在了外面，在十六王叔进入京城的同时悬梁自尽了。最后知道秘密的只剩下皇帝和宰相。

他们分享这个秘密，同时又因为这个秘密而深受其苦。

很显然，皇帝和宰相还要继续颇为辛苦地扮演他们的角色，这背离了他们的初衷。

皇帝不能像之前那样花更多精力营造更大的空间，因而非常苦恼。宰相重复着之前管理国家的工作，但因为洞悉了所有秘密，常常觉得自己身在梦中。这种真实的荒诞性往往让他在工作中力不从心。

为了维护这个秘密，皇帝和宰相也不得不做些防范。

比如，在京城之外已经存在而又显得蛮荒的空间，就像一块画布上尚未完工的部分，一旦人们涉足其间，就会引发大面积的怀疑和思索。假如人们发现这个世界与此前生活的世界似是而非，他们会作何感想，会不会引发骚动乃至叛乱？虽然皇帝和宰相都希望人们生活在一个没有帝王的世界中，但如果人们真的领悟到这点，他们会不会习惯没有皇帝的生活，他们会不会每个人都升起做皇帝的念头?

他们现在唯一能做的,反而是阻止人们去发现真相,虽然这种真相其实是他们最想告诉人们的,只是目前还不到时候。

城墙和四角城门都派驻了大量警卫,人们出城和进城都需要出示通行证。

禁卫军在郊区布了一个警戒圈,部分人被许可在这个范围里面开垦和种植。按照皇帝的设想,这个警戒圈随着时间的流逝向外缓慢地扩展着,以满足人们对空间的需求,同时也让这些变化顺理成章地实现,不至于要查漏补缺。形势的变化,需要更多的人加入禁卫军。仍然被关在监狱里的原禁卫军首领被恩释出狱,并且委以要职。毕竟他曾在禁卫军首领的位置上服务了多年,在王德一事上他也居功至伟。戴允常和宰相没有想到的是,牺牲了王德,虽然瞒过了众人,让他们接受了十六王叔退兵的假象，但是这同时也证明了王德曾经欺瞒、利用皇帝的事实。很多官员联名上奏，要求释放原禁卫军首领，他既然没有过错，情有可原，即使不能官复原职，因为禁卫军首领现在是大将军在担任，但完全可以授予其他的职位。原禁卫军首领也适时地大表忠心，以求被重新起用。他其实另有私心，对宰相和大将军深怀怨恨，图谋报复。最后，被蒙在鼓里的皇帝和宰相授予其卫戍长的职务，负责人们进出城的检查工作。卫戍长的工作很投入很尽心，但是在暗地里，他渐渐联系上他的老部下，收买了很多警卫，并部署了密探监视宰相和大将军。

真实情况是，所有人都好像突然被扔在了一座荒野小岛上，或者是置身于一个全然陌生的星球上，像垦荒团一样。但他们都不知道，还墨守成规地生活着，看不出一点端倪。

秘密通道被封锁了，派有重兵把守，这些卫士直接听命于皇帝和宰相。之前人们通过它来到这个世界，也可以遵循原路返回过去。不过，为了避免十六王叔发现这个空间，从而将杀戮带到这里，这里是绝对的禁区。除了皇帝和宰相之外，谁也不能接近。

当十六王叔下令彻底铲除皇宫的时候，那条秘密通道也被毁了，实际上已经不复存在。

当皇帝告诉宰相这一事实的时候，他们面如死灰，这预示着他们将一城人贸然带入了一个封闭的空间。皇帝虽然发现了入口，但这个入口之前是双向的，现在却成了单向的，再也无法通过它返回到原来的世界。皇帝当然也可以再次发现一个新的入口，但这一入口究竟会通向哪里却是未知数。很有可能的是，皇帝将在这个新的空间中再次复制一个空间，就好像镜中之镜一样。

皇帝和宰相会愿意打开一扇又一扇门，在复制的空间中不停地深入下去吗?

这异常恐怖,也让人深感绝望。

十

在新的空间中,人们继续着繁衍生息。

一代人死去,一代人降生。周而复始,就像树叶生长,树叶凋零。

宰相临死的时候,把他所知道的秘密带走了。

戴允常和大将军来探视奄奄一息的宰相。宰相感到解脱在即,他拉住皇帝的手,不停地问:"圣上,我是不是生活在你的梦中?我们是不是被命运抛到了一艘奇怪的船上?"在临终的谵语中,宰相高呼皇帝为"我的船长"。

戴允常告诉宰相:"你生活在我的梦中,我同样生活在你的梦中。我是皇帝,你是宰相。这种身份是双重的,因而也是虚假的。我不是皇帝,你也不是宰相。"

大将军随同皇帝一起来探视自己的叔父，皇帝与宰相的对话触动了他。他问宰相："您若离开了我们，圣上将缺少一个左膀右臂，帝国将缺少一个宰相，我们该怎么办？"宰相抓着大将军的手，反复叮嘱说："你是大将军，你也是圣上的左膀右臂，一定要尽心尽力辅佐圣上。因为，我们的圣上是古往今来最伟大的皇帝。"

大将军一直是戴允常和宰相重要决定的执行人。宰相去世后，戴允常也迫切需要一个可靠的人来帮助自己，他选择了大将军。大将军没有想到他身处这样的一个世界，面对这样一个困境。他以为十六王叔退兵、京城解围是真实发生的，没有想到这一切都是虚幻的，十六王叔已经占有了京城，并坐上了皇位。"我该怎么办？"大将军完全困惑了，但他牢记宰相的临终嘱托，"我现在是第四个知道真相的人，也是仅有的两个知道真相的人之一。我最好不去想这些，我只要做好自己的本职工作就行。我要成为圣上的得力助手，让这个全新的帝国按照圣上的设想运行下去。"

密探把这些都原原本本地告诉了卫成长。卫成长脑中盘旋着皇帝对宰相说的那句话，"我不是皇帝，你也不是宰相"。这句话点醒了卫成长，他的矛头仅仅指向宰相和大将军是狭隘和短视的，他完全可以取代皇帝，成为一个独裁者。虽然他对自身所处的这个世界一无所知，不知道它是残缺的，是在不断生长着的。相比于外部的世界，他更在乎和熟悉的是自己内部的欲望。

刀枪出政权，这绝对是至理名言。

卫成长成功谋反，成为新皇。除了大将军，其他官员都成了墙头草，纷纷倒向了卫成长的阵营。早些年，他们也预备向十六王叔投诚的，但没想到十六王叔竟然真的因为皇帝杀了王德就退兵了。他们一方面为十六王叔退兵自己无须背叛皇帝而感到庆幸,一方面也为十六王叔感到惋惜,想不明白十六王叔突然放弃的理由。新皇深恨大将军,他将戴允常和大将军囚禁起来,君臣一同关押在天牢一间密室中,严加防范。

戴允常意识到,自己虽然可以创造一个全新的世界,但这个世界最终还是会不可避免地落入像卫成长这样的人手中。任何一个完美的世界,都会被这些人控制、享有和推动。他们扼杀了一个鲜活的自由生长的世界,在有限的世界里助长着掠夺、侵占、杀戮的蔓延。

只要有这些人存在,世界就是吵闹的、纷争的,就会随时爆发冲突和战争。这个世界已经停止生长,就好像星球进入衰变期一样,迎接它的只有消亡。

大将军恳求皇帝,不要就此放弃,另造一个空间。大将军向看管的人请求一套木工用具。新皇听说大将军索要这些器物，就让人都予以满足。新皇吩咐左右："大将军肯定是帮皇帝索要这些的，我们不能剥夺一个木匠皇帝的乐趣。我听说他做皇帝一点不在行，倒是喜欢做木工活。他们要什么，就给予他什么，等他完成了，我们大家就去参观一下他的作品。"所有的人都哈哈大笑。

　　戴允常不愿意动用那些工具和木料，看都不看一眼，他已经灰心失望。大将军恳求皇帝说："圣上，您曾对宰相，我的叔父说过，你不是皇帝，他也不是宰相。您自己也曾亲口告诉我，让我继我的叔父之后成为您所创造的世界的第三个自由人。您说，您和我是平等的，是自由的。在这个新世界里，您不是皇帝，我也不是大将军。之所以还要维持原来的称呼，是为了要让生活在此间的人们相信他们还生活在过去的旧世界里。现在我们都成了卫成长的阶下囚,他像猫,而我们像老鼠。我不在乎他想玩什么游戏,我也不能理解您的支持,但我想活下去,我想获得自由。您说过,我们两个人是平等的,那么就请您帮助我,让我完成这个愿望。"

戴允常终于拿起了刨子,他对大将军说:"我将为你一个人创造一个空间。记住,只为你一个人,空间之花在我心里已经凋谢了,它已经无法自由生长、拓宽,它终将被固定,就像一个人的棺和墓。你会获得这个新的宫殿,成为这个空间的主人,但你注定只能一个人生活在其中。"

大将军流泪叩谢。

新皇最终没有能够如愿带领手下人围观戴允常的作品,虽然他的手下随时会向他汇报戴允常的动静。根据手下人的报告,戴允常花了很长时间制作一件宫殿模型。模型非常精致,简直就像是一件艺术品。

但奇怪的是，模型制造完毕之后，大将军就自尽了。大将军自尽就自尽吧，新皇不以为意，只要戴允常和他的模型还在，他就能好好羞辱戴允常一番了。没想到，大将军的尸体被从天牢中拖出去掩埋，戴允常当天晚上就失踪了。

新皇勃然大怒，他以为戴允常使用了障眼法，很有可能是挖了地道逃遁出去。不过即使他命人在密室中挖地三尺，别说地洞，连一点蛛丝马迹也没有发现。

新皇迁怒于那座宫殿模型，下令烧掉它。

熊熊火光中，宫殿很快就化为一堆灰烬。

新皇还不解恨，又去用脚去踩踏那堆灰烬。可是他竟然撞痛了脚，好像碰到了一个坚硬的障碍物。他又用手脚去触摸试探，惊骇地发现，在灰烬之上，还有一座无形的宫殿模型屹立在那里。

新皇让几个力士去搬动那座无形的宫殿。力士们使出吃奶的劲才将它搬离地面，很快就发现，脱离地面之后，无形之宫殿就好像一块冰在化成水一样，变得越来越轻，变得比空气还轻，开始往上飘了。这跟它的看不见很吻合。到最后，力士们已经不是用力抬起它，而是将身体全挂在上面，拼命想要把它拉回地面，即使如此，依然不能阻止它的飞升。

这样的场面很骇然，几个彪形大汉突然脚就离地了。他们哇哇大叫，最后都摔落到了地上。现在新皇隐隐觉得，戴允常，这位被他罢黜囚禁的废帝，就在那个宫殿里面。他命令更多人来拉住这座还在飞升的看不见的宫殿，都无功而返。

到后来，谁也不知道这座看不见的宫殿漂浮到哪里去了。

十一

有人说,戴允常居住的那个宫殿就时常漂浮在我们的头顶上。

他曾经是一个皇帝。在他做皇帝之前,他是皇帝的孙子,王爷的儿子。他做皇帝时间很短,很快就被他的叔叔赶下台了,成为了前皇帝。他的叔叔没有杀他,不是不想杀他,而是找不到。他的下落不明,成为历史上最著名的未解之谜。

他是因为痴迷做木匠活,荒废了朝政,才被他自己的叔叔造反的。因为他不太看重皇帝这种身份,而他的叔叔显然比他更想做皇帝。

有关戴允常喜欢做木匠活,更像是一种杜撰。爱因斯坦留下了三个丑陋的小板凳,但是戴允常的木匠作品一件都没有流传下来。

也许因为他确实是鬼斧神工，人间难以留存他的作品。

据说，他制作的木牛木马神乎其神，不仅能载物，还能交配繁衍，生下第二代木牛木马；他制作的笛子，即使不懂韵律的人拿到，都会吹奏出"只应天上有"的曲调；尤其是他制作的宫殿模型，里面深藏奥妙，别有洞天。

也许有人会质疑，说鲁班爷爷都没有这么厉害，没必要在这里胡说八道，信口开河。

好吧，那就说一个不那么玄乎的，更为耳熟能详的关于戴允常的传说。

当北风刮得越来越可怕，温度越来越低，耳朵都快要冻掉了，哈出去的气会变成雪霰，尿液可能会随时变成冰柱，这样的时候，人们就会说："快要下雪了。"

雪从高空洒落下来，密密麻麻的，直到覆盖住所有的活动痕迹，连声音似乎也都消失了，天地间一片静谧。就像变魔术一样，世界瞬间完全不同以往，变得素净洁白，像一个刚出生的孩子一样，像回归到世界的本初一样。

这个时候，人们就会仰望天空，喃喃低语："你的木匠活天下无双。"

每一个冬天都会发生这样的赞美，年复一年。

据说，在九霄云外，漂浮着一座看不见的宫殿，里面住着的就是戴允常。他曾经是一位皇帝，也是最有本事的木匠。当人间弥漫着不幸与悲哀，没有同情，没有慈悲，没有良善；当普天下怨声载道、哀鸿遍野；他就会在那看不见的高处，拿出他的刨子，开始哼哧哼哧地做他的木匠活。

那些刨花不断飘落下来，就变成了雪花。

飘在空中的雪花越来越大，越来越密，地上的积雪越来越厚，遮盖住了世界的贪婪、丑恶和肮脏。

当然了,他做的都是无用功。当雪花融化后,世界依然是老样子。不过不管怎么说,他还是为我们保留住了这个世界善良、纯洁和美好的一面。

虽然为时短暂,却美好得像一个梦一样。